お仕事さくいん

芸術や音楽にかかわるお仕事

はじめに

皆さんは、世の中にどんなお仕事があるか知っていますか？
また、すでにやりたいお仕事が決まっている方もいるかもしれませんね。
この本では、漫画家やイラストレーター、歌手、演奏家やダンサーなど芸術や音楽に関連する仕事を幅広く集めてそのお仕事の説明や、どのようなお仕事なのかについて知ることができる本を紹介しています。
タイトルにある「さくいん」とは、知りたいものを探すための入り口のことです。
本のリストから、興味のあるものや、図書館で見つけたものを選んで、「なりたい」仕事を考えるヒントにしてください。
皆さんがこの本を通じて、さまざまな仕事の世界に触れ、未来への第一歩を踏み出すお手伝いができることを願っています。

DBジャパン編集部

この本の使い方

━━ お仕事の名前や、芸術や音楽に関する知識の名前です。

アニメーター

アニメの原画を描いたり、その原画を動かしてアニメーションを作る仕事で、キャラクターや背景を少しずつ変えて描いていくことで、まるで本当に動いているように見せます。例えば、アニメやゲーム、映画の中で、キャラクターが走ったり、話したり、笑ったりするシーンを作り上げます。アニメーターは、キャラクターの表情や動きを考え、物語に合ったリアルな動きを描いています。また、チームと協力しながら、楽しい作品を作り上げるために一生懸命努力します。

▶ お仕事について詳しく知るには

「職場体験完全ガイド.35」ポプラ社 2013年4月【学習支援本】
「なりたい自分を見つける!仕事の図鑑.16（生活をいろどるアートの仕事）」（仕事の図鑑）編集委員会 編 あかね書房 2014年3月【学習支援本】
「キャリア教育支援ガイド お仕事ナビ.10」お仕事ナビ編集室 [著] 理論社 2016年3月【学習支援本】
「密着!お仕事24時.6」高山リョウ 構成・文 岩崎書店 2019年2月【学習支援本】
「まんがとイラストの描き方：いますぐ上達！1（人物を描こう 基本編）」まんがイラスト研究会編 ポプラ社 2014年4月【学習支援本】
「キャリア教育支援ガイド お仕事ナビ 10」お仕事ナビ編集室 著 理論社 2016年3月【学習支援本】
「キャリア教育に活きる!仕事ファイル：センパイに聞く 1」小峰書店編集部編著 小峰書店 2017年4月【学習支援本】
「密着!お仕事24時 6」高山リョウ構成・文 岩崎書店 2019年2月【学習支援本】

▶ お仕事の様子をお話で読むには

「さよならアリアドネ」宮地昌幸著 早川書房（ハヤカワ文庫 JA）2015年10月【ライトノベル・ライト文芸】

━━ お仕事のことや、知識、場所についての説明です。

━━ そのお仕事について書かれた本に、どのようなものがあるのかを紹介しています。

━━ そのお仕事の様子が物語で読める本に、どのようなものがあるのかを紹介しています。

本の情報の見方です。
「本の名前/書いた人や作った人の名前/出版社/出版された年月【本の種類】」

 この本は、芸術や音楽に関する主なお仕事を紹介していますが、全部の種類のお仕事が入っているわけではありません。また、本のリストもすべてのお仕事に入っているわけではありません。

3

目次

1 作品づくりの仕事

漫画家 —————————————————— 8

イラストレーター —————————————— 16

アニメーター ——————————————— 19

画家 ——————————————————— 20

絵師 ——————————————————— 31

絵本作家 ————————————————— 33

ブックデザイナー、装丁家 ————————— 35

グラフィックデザイナー ——————————— 36

エディトリアルデザイナー ——————————— 37

DTPデザイナー —————————————— 37

書体デザイナー —————————————— 38

アートディレクター ————————————— 39

書道家 ——————————————————— 40

染色家 ——————————————————— 41

彫刻家 ——————————————————— 42

フラワーデザイナー ————————————— 43

フラワーコーディネーター ——————————— 44

ガーデンデザイナー ————————————— 45

その他、芸術家やクリエイターに関連する本 ——— 46

2 作品にかかわる仕事

美術商 ————————————————— 50

絵画修復士 ——————————————— 51

美術鑑定士 ——————————————— 51

学芸員、キュレーター ————————————— 52

3 音楽にかかわる仕事

歌手 ——————————————————— 54

DJ ——————————————————— 57

演奏家、楽師、楽団員 —————————————— 58

編曲家 —————————————————— 62

作詞家 —————————————————— 63

音楽学者 ————————————————— 63

音楽教師 ————————————————— 64

音楽教室講師 ——————————————— 65

音楽プロデューサー ————————————— 65

指揮者 —————————————————— 66

レコーディングエンジニア ——————————— 67

ボイストレーナー —————————————— 67

調律師 —————————————————— 68

音楽療法士（音楽セラピスト）—————————— 69

5

楽器職人 ——————————————————————— 69

ダンサー、踊り子 ——————————————————— 70

バレエダンサー ———————————————————— 71

その他、音楽家やミュージシャンに関連する本 ———— 73

4 作品づくりや音楽にかかわる知識

ユニバーサルデザイン ——————————————— 78

ソーシャルデザイン ——————————————————— 80

装丁 ——————————————————————————— 81

デザイン ———————————————————————— 82

音楽学 ————————————————————————— 85

音楽理論 ———————————————————————— 86

楽典 ——————————————————————————— 87

6

1

作品づくりの仕事

1 作品づくりの仕事

漫画家

ストーリーと絵を組み合わせて漫画を作る仕事です。例えば、学校を舞台にした物語やファンタジーの世界を冒険する物語を、コマ割りにして描きます。キャラクターのセリフや表情、動きなどを考えながら、ストーリーをわかりやすく、おもしろく伝えます。漫画家は、物語のストーリーを考え、キャラクターのデザインをし、ページごとに絵を描きます。作品は雑誌やインターネットで発表され、多くの人に読まれ、アニメ・ドラマ・映画化されたり、ゲームになることもあります。

▶ お仕事について詳しく知るには

「ジョブチューンのぶっちゃけハローワーク」 TBS「ジョブチューン」を作っている人たち編　主婦と生活社　2014年7月【学習支援本】

「キャリア教育支援ガイドお仕事ナビ．10」　お仕事ナビ編集室［著］　理論社　2016年3月【学習支援本】

「お仕事でめいろあそび」　奥谷敏彦;嵩瀬ひろし;土門トキオ 作 ;雨音くるみ;尾池ユリ絵;おうせめい;神威なつき;こいち;星谷ゆき;山上七生 絵　成美堂出版　2018年12月【学習支援本】

「しごとば 続」　鈴木のりたけ作　ブロンズ新社　2010年1月【学習支援本】

「こころを育てる魔法の言葉 1（夢をかなえる言葉）」　中井俊已文;小林ゆき子絵　汐文社　2010年2月【学習支援本】

「手塚治虫―子どもの伝記」　国松俊英文　ポプラ社（ポプラポケット文庫）　2010年3月【学習支援本】

「忍たまの友：落第忍者乱太郎公式キャラクターブック 天之巻―あさひコミックス」　尼子騒兵衛著　朝日新聞出版　2011年3月【学習支援本】

「ラブリーまんがキャラマスター：ミラクルかける！」 小森大輔監修 西東社 2011年9月
【学習支援本】

「わたしが子どもだったころ 3」 NHK「わたしが子どもだったころ」制作グループ編 ポプラ社 2012年3月【学習支援本】

「元気がでる日本人100人のことば 3」 晴山陽一監修 ポプラ社 2012年3月【学習支援本】

「手塚治虫-少女まんがの世界」 石子順作;手塚治虫画 童心社 2012年3月【学習支援本】

「手塚治虫-未来からの使者」 石子順作;手塚治虫画 童心社 2012年3月【学習支援本】

「はだしのゲンわたしの遺書」 中沢啓治著 朝日学生新聞社 2012年12月【学習支援本】

「石ノ森章太郎―コミック版世界の伝記；24」 シュガー佐藤漫画;石森プロ監修 ポプラ社 2012年12月【学習支援本】

「プロの技全公開！まんが家入門―入門百科+；3」 飯塚裕之著 小学館 2013年7月【学習支援本】

「読めばすぐ描ける！たまご先生のまんが教室」 込由野しほ著;りぼん編集部編 集英社（りぼんマスコットコミックス） 2013年7月【学習支援本】

「24日で夢がかなう☆最強まんが描き方ブック = The ultimate guide to drawing manga 特別版―講談社キャラクターズA」 えぬえけい著;なかよし編集部編 講談社 2013年12月【学習支援本】

「絶対うまくなる！イラスト&まんがスーパーレッスンブック」 八神千歳監修 小学館 2013年12月【学習支援本】

「時代を切り開いた世界の10人：レジェンドストーリー 4」 髙木まさき監修 学研教育出版 2014年2月【学習支援本】

「マンガミュージアムへ行こう」 伊藤遊著;谷川竜一著;村田麻里子著;山中千恵著 岩波書店（岩波ジュニア新書） 2014年3月【学習支援本】

「まんがとイラストの描き方：いますぐ上達！1（人物を描こう 基本編）」 まんがイラスト研究会編 ポプラ社 2014年4月【学習支援本】

「まんがとイラストの描き方：いますぐ上達！2（人物を描こう 応用編）」 まんがイラスト研究会編 ポプラ社 2014年4月【学習支援本】

「まんがとイラストの描き方：いますぐ上達！3（効果・背景を描こう）」 まんがイラスト研究会編 ポプラ社 2014年4月【学習支援本】

「まんがとイラストの描き方：いますぐ上達！4（コマ割りをおぼえよう）」 まんがイラスト研究会編 ポプラ社 2014年4月【学習支援本】

「まんがとイラストの描き方：いますぐ上達！5（ストーリーをつくってみよう）」 まんがイラスト研究会編 ポプラ社 2014年4月【学習支援本】

「生きる力ってなんですか？」 おおたとしまさ編・著 日経BP社 2014年5月【学習支援本】

「まんが&カラーイラスト集中レッスンbook」 宝島社 2014年7月【学習支援本】

「長谷川町子：「サザエさん」とともに歩んだ人生：漫画家〈日本〉―ちくま評伝シリーズ〈ポ

1 作品づくりの仕事

ルトレ〉」 筑摩書房編集部著　筑摩書房　2014年8月【学習支援本】

「藤子・F・不二雄:「ドラえもん」はこうして生まれた:漫画家〈日本〉―ちくま評伝シリーズ〈ポルトレ〉」 筑摩書房編集部著　筑摩書房　2014年8月【学習支援本】

「まんがなんでも図鑑―もっと知りたい!図鑑」 日本漫画家協会監修　ポプラ社　2015年4月【学習支援本】

「まんが&おえかき&デコ文字スペシャル―ピチ・レモンブックス」 ピチレモンブックス編集部編　学研教育出版　2015年6月【学習支援本】

「漫画家たちのマンガ外交 = MANGA DIPLOMACY:南京大虐殺記念館からはじまった」 石川好著　彩流社　2015年7月【学習支援本】

「スヌーピーと、いつもいっしょに:PEANUTSを生んだチャールズ・シュルツ物語―ヒューマンノンフィクション」 マイケル・A・シューマン著;小松原宏子訳　学研プラス　2015年12月【学習支援本】

「マンガがあるじゃないか:わたしをつくったこの一冊―14歳の世渡り術」 河出書房新社編　河出書房新社　2016年1月【学習支援本】

「ミラクルハッピープロ技マスター!まんがイラストDX(デラックス)」 ミラクルまんがイラスト研究会編著　西東社　2016年1月【学習支援本】

「胸キュンまんがイラストプロワザコレクション:めちゃカワ!!」 めちゃカワ!!まんがイラスト委員会著　新星出版社　2016年5月【学習支援本】

「人気漫画家が教える!まんがのかき方 1」 久世みずき著　汐文社　2016年9月【学習支援本】

「人気漫画家が教える!まんがのかき方 2」 久世みずき著　汐文社　2016年11月【学習支援本】

「人気漫画家が教える!まんがのかき方 3」 久世みずき著　汐文社　2016年12月【学習支援本】

「感動のおしごとストーリー:開け!夢へのトビラ そら色の章―キラかわ★ガール　ナツメ社　2017年1月【学習支援本】

「マンガのちから:あこがれのあの人オススメ! 1　教育画劇　2017年2月【学習支援本】

「まんがの描き方入門 1―学研まんが」 日本マンガ塾監修　学研プラス　2017年2月【学習支援本】

「まんがの描き方入門 2―学研まんが」 日本マンガ塾監修　学研プラス　2017年2月【学習支援本】

「まんがの描き方入門 3―学研まんが」 日本マンガ塾監修　学研プラス　2017年2月【学習支援本】

「人気漫画家が教える!まんがのかき方 4」 久世みずき著　汐文社　2017年2月【学習支援本】

「マンガのちから:あこがれのあの人オススメ! 2　教育画劇　2017年4月【学習支援本】

「マンガのちから：あこがれのあの人オススメ！3 教育画劇 2017年4月【学習支援本】

「ミラクルかがやけ☆まんが！お仕事ガール」 ドリームワーク調査会編著 西東社 2017年4月【学習支援本】

「夢のポッケ：14歳で夢をかなえてまんが家になった私」 ときわ藍著 小学館（ちゃおコミックススペシャル） 2020年3月【学習支援本】

「生活を究める―スタディサプリ三賢人の学問探究ノート：今を生きる学問の最前線読本；5」 渡邊恵太著;トミヤマユキコ著;高橋龍三郎著 ポプラ社 2021年3月【学習支援本】

「仕事の歴史図鑑：今まで続いてきたひみつを探る 3」 本郷和人監修 くもん出版 2021年10月【学習支援本】

「手塚治虫：マンガで世界をむすぶ―調べる学習百科」 国松俊英著 岩崎書店 2021年11月【学習支援本】

▶ お仕事の様子をお話で読むには

「もう10年もすれば…：消えゆく戦争の記憶-漫画家たちの証言」 中国引揚げ漫画家の会著 今人舎 2014年6月【絵本】

「放課後の怪談 8」 日本児童文学者協会編 偕成社 2010年3月【児童文学】

「ミラクル☆コミック 2（ネームに願いをこめて）」 松田朱夏作;琴月綾画 岩崎書店（フォア文庫） 2010年4月【児童文学】

「愛とあこがれがいっぱい5つのお話―きらきら宝石箱；2」 日本児童文学者協会編 文溪堂 2010年9月【児童文学】

「小説毎日かあさん：おかえりなさいの待つ家に」 西原理恵子原作;市川丈夫文;丸岡巧絵 アスキー・メディアワークス（角川つばさ文庫） 2011年1月【児童文学】

「ミラクル☆コミック 4（道は遠くても）」 松田朱夏作;琴月綾画 岩崎書店（フォア文庫） 2011年5月【児童文学】

「小説毎日かあさん 2（山のむこうで、空のむこうで）」 西原理恵子原作;市川丈夫文;丸岡巧絵 アスキー・メディアワークス（角川つばさ文庫） 2011年11月【児童文学】

「オレ様キングダム：red」 村上アンズ著;八神千歳原案・イラスト 小学館（小学館ジュニア文庫） 2012年12月【児童文学】

「オレ様キングダム [2]（blue）」 村上アンズ著;八神千歳原作・イラスト 小学館（小学館ジュニア文庫） 2013年8月【児童文学】

「ゆめはまんが家！：おしごとのおはなしまんが家―シリーズおしごとのおはなし」 小林深雪作;今日マチ子絵 講談社 2017年11月【児童文学】

「マンガ部オーバーヒート！：へっぽこ3人組、天才マンガ家に挑む」 河口柚花作;けーしん絵 集英社（集英社みらい文庫） 2018年1月【児童文学】

「少女探偵アガサ = Agatha,the Detective Girl 6」 サー・スティーヴ・スティーヴンソン作;中井はるの訳;patty画 岩崎書店 2018年7月【児童文学】

1 作品づくりの仕事

「キラモテ先輩と地味っ子まんが家ちゃん―ポケット・ショコラ；5」　清水きり作；あおいみつ絵　ポプラ社　2018年9月【児童文学】

「アリスのさくらんぼ：やなせメルヘン」　やなせたかし著　復刊ドットコム　2019年2月【児童文学】

「心霊スポットは知っている―探偵チームKZスケッチブック」　藤本ひとみ原作；住滝良文；駒形絵　講談社（講談社青い鳥文庫）　2021年12月【児童文学】

「クソみたいな理由で無人島に遭難したら人生が変わった件」　すずの木くろ著　小学館　2021年10月【ライトノベル・ライト文芸】

「すべての神様の十月 2」　小路幸也著　PHP研究所　2021年9月【ライトノベル・ライト文芸】

「夏服を着た恋人たち」　小路幸也著　祥伝社　2021年8月【ライトノベル・ライト文芸】

「結婚が前提のラブコメ 4」　栗ノ原草介著　小学館　2021年4月【ライトノベル・ライト文芸】

「結婚が前提のラブコメ 5」　栗ノ原草介著　小学館　2021年11月【ライトノベル・ライト文芸】

「見知らぬ女子高生に監禁された漫画家の話」　きただりょうま原案・イラスト；穂積潜著　KADOKAWA　2021年12月【ライトノベル・ライト文芸】

「前略、今日も事件が起きています：東部郵便局の名探偵」　福田悠 著　宝島社　2021年10月【ライトノベル・ライト文芸】

「さくら荘のペットな彼女」　鴨志田一著　アスキー・メディアワークス（電撃文庫）　2010年1月【ライトノベル・ライト文芸】

「さくら荘のペットな彼女 2」　鴨志田一著　アスキー・メディアワークス（電撃文庫）　2010年4月【ライトノベル・ライト文芸】

「さくら荘のペットな彼女 3」　鴨志田一著　アスキー・メディアワークス（電撃文庫）　2010年8月【ライトノベル・ライト文芸】

「アイドルになんかなりたくない！」　森山侑紀 [著]　講談社（講談社X文庫. White heart）　2011年1月【ライトノベル・ライト文芸】

「詩羽のいる街」　山本弘著　角川書店（角川文庫）　2011年11月【ライトノベル・ライト文芸】

「さくら荘のペットな彼女 6」　鴨志田一著　アスキー・メディアワークス（電撃文庫 ＝ DENGEKI BUNKO）　2011年12月【ライトノベル・ライト文芸】

「少女漫画家が猫を飼う理由(わけ)―警視庁幽霊係」　天野頌子著　祥伝社（祥伝社文庫）　2012年6月【ライトノベル・ライト文芸】

「コンビニたそがれ堂 空の童話」　村山早紀著　ポプラ社（ポプラ文庫ピュアフル）　2013年1月【ライトノベル・ライト文芸】

「オレと彼女の萌えよペン」　村上凛著　KADOKAWA（富士見ファンタジア文庫）　2014年10月【ライトノベル・ライト文芸】

「オレと彼女の萌えよペン 2」 村上凛著 KADOKAWA（富士見ファンタジア文庫） 2015年1月【ライトノベル・ライト文芸】

「マンガの神様＝GOD OF MANGA」 蘇之一行著 KADOKAWA（電撃文庫） 2015年3月【ライトノベル・ライト文芸】

「オレと彼女の萌えよペン 3」 村上凛著 KADOKAWA（富士見ファンタジア文庫） 2015年5月【ライトノベル・ライト文芸】

「マンガの神様＝GOD OF MANGA 2」 蘇之一行著 KADOKAWA（電撃文庫） 2015年7月【ライトノベル・ライト文芸】

「オレと彼女の萌えよペン 4」 村上凛著 KADOKAWA（富士見ファンタジア文庫） 2015年9月【ライトノベル・ライト文芸】

「バクマン。」 大場つぐみ原作;小畑健原作;久麻當郎小説;大根仁脚本 集英社（JUMP J BOOKS） 2015年9月【ライトノベル・ライト文芸】

「かなりや荘浪漫 [2] (星めざす翼)」 村山早紀著 集英社（集英社オレンジ文庫） 2015年11月【ライトノベル・ライト文芸】

「かませ系ヒロインルートの結末を俺は知らない : 打ち切りの5秒前」 鏡遊著 KADOKAWA（角川スニーカー文庫） 2015年11月【ライトノベル・ライト文芸】

「マンガの神様＝GOD OF MANGA 3」 蘇之一行著 KADOKAWA（電撃文庫） 2015年11月【ライトノベル・ライト文芸】

「オレと彼女の萌えよペン 5」 村上凛著 KADOKAWA（富士見ファンタジア文庫） 2016年1月【ライトノベル・ライト文芸】

「うーちゃんの小箱」 和見俊樹著 KADOKAWA（角川スニーカー文庫） 2016年2月【ライトノベル・ライト文芸】

「オレと彼女の萌えよペン 増刊号」 村上凛著 KADOKAWA（富士見ファンタジア文庫） 2016年2月【ライトノベル・ライト文芸】

「かませ系ヒロインルートの結末を俺は知らない 2 (恋愛フラグ10秒後)」 鏡遊著 KADOKAWA（角川スニーカー文庫） 2016年3月【ライトノベル・ライト文芸】

「ヒーローズ〈株〉(かぶしきがいしゃ)!!!」 北川恵海著 KADOKAWA（メディアワークス文庫） 2016年4月【ライトノベル・ライト文芸】

「海野律は今日もズレている!! : 2次元系男子は少女漫画家でした。」 菱田愛日著 KADOKAWA（ビーズログ文庫アリス） 2016年5月【ライトノベル・ライト文芸】

「マンガの神様＝GOD OF MANGA 4」 蘇之一行著 KADOKAWA（電撃文庫） 2016年7月【ライトノベル・ライト文芸】

「ネット小説家になろうクロニクル 1」 津田彷徨著 星海社（星海社FICTIONS ） 2016年9月【ライトノベル・ライト文芸】

「アキハバラ＾デンパトウ」 藍上陸著 SBクリエイティブ（GA文庫） 2016年10月【ライトノベル・ライト文芸】

「僕はまだ、君の名前を呼んでいない : lost your name」 小野崎まち著 マイナビ出版（ファ

1 作品づくりの仕事

ン文庫） 2017年6月【ライトノベル・ライト文芸】

「マンガハウス！」 桜井美奈著　光文社（光文社文庫） 2017年10月【ライトノベル・ライト文芸】

「漫画家の明石先生は実は妖怪でした。」 霜月りつ著　三交社（スカイハイ文庫） 2018年2月【ライトノベル・ライト文芸】

「ウチのセンセーは、今日も失踪中」 山本幸久著　幻冬舎（幻冬舎文庫） 2018年3月【ライトノベル・ライト文芸】

「次回作にご期待下さい」 問乃みさき著　KADOKAWA（角川文庫） 2018年4月【ライトノベル・ライト文芸】

「雪崎光は俺にラブコメを教えたい」 和見俊樹著　KADOKAWA（角川スニーカー文庫） 2018年5月【ライトノベル・ライト文芸】

「岸辺露伴は叫ばない：短編小説集」 荒木飛呂彦原作;維羽裕介著;北國ばらっど著;宮本深礼著;吉上亮著　集英社（JUMP J BOOKS） 2018年6月【ライトノベル・ライト文芸】

「片想い探偵 追掛日菜子」 辻堂ゆめ著　幻冬舎（幻冬舎文庫） 2018年6月【ライトノベル・ライト文芸】

「岸辺露伴は戯れない：短編小説集」 荒木飛呂彦原作;北國ばらっど著;宮本深礼著;吉上亮著　集英社（JUMP j BOOKS） 2018年7月【ライトノベル・ライト文芸】

「漫画家の明石先生は実は妖怪でした。 2」 霜月りつ著　三交社（スカイハイ文庫） 2018年9月【ライトノベル・ライト文芸】

「それでも僕は、モブキャラが好き 2」 氷高悠著　講談社（講談社ラノベ文庫） 2018年11月【ライトノベル・ライト文芸】

「こんこん、いなり不動産 [3]」 猫屋ちゃき著　マイナビ出版（ファン文庫） 2018年12月【ライトノベル・ライト文芸】

「謎解きはマンガみたいにはいかない」 藤崎都著　KADOKAWA（富士見L文庫） 2018年12月【ライトノベル・ライト文芸】

「コレって、あやかしですよね？：放送中止の怪事件」 斎藤千輪著　光文社（光文社文庫） 2019年2月【ライトノベル・ライト文芸】

「漫画家先生とメシスタント」 仲村つばき著　KADOKAWA（富士見L文庫） 2019年2月【ライトノベル・ライト文芸】

「一生夢で食わせていきますが、なにか。」 黒崎蒼著　KADOKAWA（富士見L文庫） 2019年6月【ライトノベル・ライト文芸】

「秋葉原オーダーメイド漫画ラボ：今日から「0課」担当します!」 隙名こと著　ポプラ社（ポプラ文庫ピュアフル） 2019年8月【ライトノベル・ライト文芸】

「かなりや荘浪漫：廃園の鳥たち」 村山早紀著　PHP研究所（PHP文芸文庫） 2019年11月【ライトノベル・ライト文芸】

「あやかしアパートの臨時バイト：鬼の子、お世話します!」 三国司著　新紀元社（ポルタ文庫） 2020年1月【ライトノベル・ライト文芸】

「かなりや荘浪漫 2」 村山早紀著　PHP研究所（PHP文芸文庫）　2020年1月【ライトノベル・ライト文芸】

「結婚が前提のラブコメ」 栗ノ原草介著　小学館（ガガガ文庫）　2020年1月【ライトノベル・ライト文芸】

「JKマンガ家の津布楽さんは俺がいないとラブコメが描けない」 水埜アテルイ著　KADOKAWA（角川スニーカー文庫）　2020年4月【ライトノベル・ライト文芸】

「隠れ漫画家さんと飯スタントな魔人さん：〆切前のニラ玉チャーハン」 編乃肌著　マイナビ出版（ファン文庫）　2020年4月【ライトノベル・ライト文芸】

「こわれもの 新装版」 浦賀和宏著　徳間書店（徳間文庫）　2020年6月【ライトノベル・ライト文芸】

「泣き終わったらごはんにしよう」 武内昌美著　小学館（小学館文庫）　2020年6月【ライトノベル・ライト文芸】

「春は始まりのうた―マイ・ディア・ポリスマン」 小路幸也著　祥伝社（祥伝社文庫）　2020年7月【ライトノベル・ライト文芸】

「死神のノルマ [2]」 宮田光著　集英社（集英社オレンジ文庫）　2020年9月【ライトノベル・ライト文芸】

「ヒロインレースはもうやめませんか？：告白禁止条約」 旭蓑雄著　KADOKAWA（電撃文庫）　2020年12月【ライトノベル・ライト文芸】

1 作品づくりの仕事

イラストレーター

本や雑誌、ポスターなどの絵を描く仕事です。例えば、物語のキャラクターや場面をわかりやすくするための挿絵や、広告のイラストを描きます。絵の描き方を工夫して、見た人が楽しい気持ちになるようにし、情報が伝わりやすくなるようにします。イラストレーターは、コンピュータでデジタルイラストを描いたり、紙に手描きでイラストを描いたりします。作品は、読者や見る人に強い印象を与えるように、色彩やデザインに気を配って作ります。

▶お仕事について詳しく知るには

「なりたい自分を見つける!仕事の図鑑. 16 (生活をいろどるアートの仕事)」〈仕事の図鑑〉編集委員会 編　あかね書房　2014年3月【学習支援本】

「怪獣大全集 4 復刻版」　小松崎茂著　復刊ドットコム　2014年9月【学習支援本】

「職場体験完全ガイド 48」　ポプラ社編集　ポプラ社　2016年4月【学習支援本】

「マンガ家・イラストレーターになるには? 図書館版」　濱元隆輔監修;佐伯めとろマンガ　金の星社(マンガでわかるあこがれのお仕事)　2019年3月【学習支援本】

「マンガ家・イラストレーターになるには?」　濱元隆輔監修;柳葉キリコイラスト;佐伯めとろマンガ　金の星社(マンガでわかるあこがれのお仕事)　2019年6月【学習支援本】

▶お仕事の様子をお話で読むには

「クール美少女の秘密な趣味を褒めたらめちゃくちゃなつかれた件 [1]」　ネコクロ著　一二三書房　2021年4月【ライトノベル・ライト文芸】

「ラ・のべつまくなし 2 (ブンガクくんと腐たご星)」　壱月龍一著　小学館(ガガガ文庫)　2010年2月【ライトノベル・ライト文芸】

「ライトノベルの楽しい書き方 6」　本田透著　ソフトバンククリエイティブ(GA文庫)　2010年6月【ライトノベル・ライト文芸】

「ライトノベルの楽しい書き方 7」　本田透著　ソフトバンククリエイティブ(GA文庫)

2010年11月【ライトノベル・ライト文芸】

「あくまでも、妹が欲しいんです。」 水無瀬さんご著 一迅社(一迅社文庫) 2012年5月【ライトノベル・ライト文芸】

「桃音しおんのラノベ日記2(恋と夏休みと修羅場進行)」 あさのハジメ著 講談社(講談社ラノベ文庫) 2013年11月【ライトノベル・ライト文芸】

「冴えない彼女(ヒロイン)の育てかた6」 丸戸史明著 KADOKAWA(富士見ファンタジア文庫) 2014年4月【ライトノベル・ライト文芸】

「冴えない彼女(ヒロイン)の育てかたGirls Side」 丸戸史明著 KADOKAWA(富士見ファンタジア文庫) 2015年2月【ライトノベル・ライト文芸】

「冴えない彼女(ヒロイン)の育てかた8」 丸戸史明著 KADOKAWA(富士見ファンタジア文庫) 2015年6月【ライトノベル・ライト文芸】

「世界創造株式会社1」 至道流星著 星海社(星海社FICTIONS) 2015年8月【ライトノベル・ライト文芸】

「世界創造株式会社2」 至道流星著 星海社(星海社FICTIONS) 2015年10月【ライトノベル・ライト文芸】

「冴えない彼女(ヒロイン)の育てかた9」 丸戸史明著 KADOKAWA(富士見ファンタジア文庫) 2015年11月【ライトノベル・ライト文芸】

「冴えない彼女(ヒロイン)の育てかたGirls Side 2」 丸戸史明著 KADOKAWA(富士見ファンタジア文庫) 2016年3月【ライトノベル・ライト文芸】

「冴えない彼女(ヒロイン)の育てかた10」 丸戸史明著 KADOKAWA(富士見ファンタジア文庫) 2016年7月【ライトノベル・ライト文芸】

「14歳とイラストレーター」 むらさきゆきや著 KADOKAWA(MF文庫J) 2016年11月【ライトノベル・ライト文芸】

「ブラック企業に勤めております。」 要はる著 集英社(集英社オレンジ文庫) 2016年11月【ライトノベル・ライト文芸】

「冴えない彼女(ヒロイン)の育てかた11」 丸戸史明著 KADOKAWA(富士見ファンタジア文庫) 2016年11月【ライトノベル・ライト文芸】

「14歳とイラストレーター2」 むらさきゆきや著 KADOKAWA(MF文庫J) 2017年3月【ライトノベル・ライト文芸】

「ブラック企業に勤めております。[2]」 要はる著 集英社(集英社オレンジ文庫) 2017年5月【ライトノベル・ライト文芸】

「14歳とイラストレーター3」 むらさきゆきや著 KADOKAWA(MF文庫J) 2017年7月【ライトノベル・ライト文芸】

「装幀室のおしごと。:本の表情つくりませんか?2」 範乃秋晴著 KADOKAWA(メディアワークス文庫) 2017年7月【ライトノベル・ライト文芸】

「14歳とイラストレーター4」 むらさきゆきや著 KADOKAWA(MF文庫J) 2017年11月【ライトノベル・ライト文芸】

1 作品づくりの仕事

「14歳とイラストレーター 5」 むらさきゆきや著 KADOKAWA（MF文庫J） 2018年5月
【ライトノベル・ライト文芸】

「14歳とイラストレーター 6」 むらさきゆきや著 KADOKAWA（MF文庫J） 2018年11月
【ライトノベル・ライト文芸】

「冴えない彼女(ヒロイン)の育てかたFD(ファンディスク) 2」 丸戸史明著 KADOKAWA
（富士見ファンタジア文庫） 2018年11月【ライトノベル・ライト文芸】

「ことぶき酒店御用聞き物語 2」 桑島かおり著 光文社（光文社文庫. 光文社キャラ文庫）
2019年1月【ライトノベル・ライト文芸】

「14歳とイラストレーター 7」 むらさきゆきや著 KADOKAWA（MF文庫J） 2019年5月
【ライトノベル・ライト文芸】

「14歳とイラストレーター 8」 むらさきゆきや著 KADOKAWA（MF文庫J） 2020年3月
【ライトノベル・ライト文芸】

アニメーター

アニメの原画を描いたり、その原画を動かしてアニメーションを作る仕事で、キャラクターや背景を少しずつ変えて描いていくことで、まるで本当に動いているように見せます。例えば、アニメやゲーム、映画の中で、キャラクターが走ったり、

話したり、笑ったりするシーンを作り上げます。アニメーターは、キャラクターの表情や動きを考え、物語に合ったリアルな動きを描いています。また、チームと協力しながら、楽しい作品を作り上げるために一生懸命努力します。

▶お仕事について詳しく知るには

「職場体験完全ガイド.35」 ポプラ社 2013年4月【学習支援本】

「なりたい自分を見つける!仕事の図鑑.16 (生活をいろどるアートの仕事)」〈仕事の図鑑〉編集委員会 編 あかね書房 2014年3月【学習支援本】

「キャリア教育支援ガイドお仕事ナビ.10」 お仕事ナビ編集室 [著] 理論社 2016年3月【学習支援本】

「密着!お仕事24時.6」 高山リョウ 構成・文 岩崎書店 2019年2月【学習支援本】

「まんがとイラストの描き方:いますぐ上達!1 (人物を描こう 基本編)」 まんがイラスト研究会編 ポプラ社 2014年4月【学習支援本】

「キャリア教育支援ガイドお仕事ナビ10」 お仕事ナビ編集室著 理論社 2016年3月【学習支援本】

「キャリア教育に活きる!仕事ファイル:センパイに聞く1」 小峰書店編集部編著 小峰書店 2017年4月【学習支援本】

「密着!お仕事24時 6」 高山リョウ構成・文 岩崎書店 2019年2月【学習支援本】

▶お仕事の様子をお話で読むには

「さよならアリアドネ」 宮地昌幸著 早川書房(ハヤカワ文庫JA) 2015年10月【ライトノベル・ライト文芸】

1 作品づくりの仕事

画家(がか)

絵を描く仕事で、例えば、風景や人物、花などをキャンバスに描きます。水彩絵の具や油絵の具、鉛筆など、いろいろな道具を使って絵を描きます。画家は、色や形を工夫して、見た人が感動したり、考えさせられたりするような作品を作り、展覧会で作品を発表したり、絵を買ってもらったりして活動します。絵のテーマや技法を研究し続けることで、個性ある作品を作り出し、芸術の世界で評価を得ています。

▶お仕事について詳しく知るには

「ゴヤ闇との対話―イメージの森のなかへ」 利倉隆構成・文 二玄社 2010年3月【学習支援本】

「マグリットのはてな?―おはなし名画をよむまえに・シリーズ；3」 マグリット画 博雅堂出版 2010年8月【学習支援本】

「ちい子の夢」 長谷川すみゑ著 文芸社 2010年9月【学習支援本】

「ゴッホ風がはこんだ色彩」 キアーラ・ロッサーニ文;オクタヴィア・モナコ絵;結城昌子監訳 西村書店 2010年10月【学習支援本】

「レオナルド・ダ・ヴィンチ：芸術家で科学者で発明家…"万能の天才"―小学館版学習まんが人物館」 小林たつよしまんが;菅谷淳夫シナリオ;池上英洋監修 小学館 2010年10月【学習支援本】

「かべ：鉄のカーテンのむこうに育って」 ピーター・シス作;福本友美子訳 BL出版 2010年11月【学習支援本】

「平山郁夫と玄奘三蔵：絵本画集 第2版―別冊「おはなし名画シリーズ」普及版」 平山郁夫監修;西村和子企画・構成 博雅堂出版 2010年11月【学習支援本】

「クレーと黄色い鳥のいる風景―おはなし名画をよむまえに・シリーズ；5」 クレー画;谷川俊太郎詩 博雅堂出版 2011年1月【学習支援本】

「わたしが芸術について語るなら―未来のおとなへ語る」 千住博著 ポプラ社 2011年1月【学習支援本】

「ピカソはぼくの親友なんだ」 アントニー・ペンローズ著;駒野谷肇訳 六耀社 2011年2月【学習支援本】

「名画で遊ぶあそびじゅつ!」 エリザベート・ド・ランビリー著;おおさわちか訳 長崎出版 2011年9月【学習支援本】

「DADAモネ色いろ―フランス発こどもアートシリーズ;3」 DADA日本版編集部編著;今井敬子訳 朝日学生新聞社 2011年11月【学習支援本】

「DADAルノワール、みつけた―フランス発こどもアートシリーズ;4」 DADA日本版編集部編著;今井敬子訳 朝日学生新聞社 2011年11月【学習支援本】

「歌川広重:名所絵で名をはせた浮世絵師―よんでしらべて時代がわかるミネルヴァ日本歴史人物伝」 西本鶏介文;野村たかあき絵;大石学監修 ミネルヴァ書房 2012年2月【学習支援本】

「西洋美術史入門」 池上英洋著 筑摩書房(ちくまプリマー新書) 2012年2月【学習支援本】

「わたしたちの「無言館」」 窪島誠一郎作 アリス館 2012年4月【学習支援本】

「DADAターナー号出発―フランス発こどもアートシリーズ;6」 DADA日本版編集部編著;今井敬子訳 朝日学生新聞社 2012年7月【学習支援本】

「教科書に出てくる日本の画家 1」 糸井邦夫監修 汐文社 2012年12月【学習支援本】

「だれでもアーティスト:自由研究の宝箱」 ドーリング・キンダースリー社編;結城昌子訳 岩波書店 2013年2月【学習支援本】

「教科書に出てくる日本の画家 2」 糸井邦夫監修 汐文社 2013年2月【学習支援本】

「教科書に出てくる日本の画家 3」 糸井邦夫監修;伊野孝行イラスト;工藤美也子著 汐文社 2013年3月【学習支援本】

「世界の美術館・博物館まるわかりガイド:あの名画や至宝はここにあった!―まなぶっく;A-71」 カルチャーランド著 メイツ出版 2013年6月【学習支援本】

「女性画家10の叫び」 堀尾真紀子著 岩波書店(岩波ジュニア新書) 2013年7月【学習支援本】

「ミッフィーとマティスさん―こどもと絵で話そう」 菊地敦己構成;国井美果文 美術出版社 2013年12月【学習支援本】

「ぼくはヨハネス・フェルメール―画家のものがたり絵本」 林綾野さく;たんふるたんえ 美術出版社 2014年2月【学習支援本】

「英語であそぼう!マザーグースたのしさ再発見 1(マザーグースってなに?)」 夏目康子著;こどもくらぶ編 ミネルヴァ書房 2014年2月【学習支援本】

「西洋美術史入門 実践編」 池上英洋著 筑摩書房(ちくまプリマー新書) 2014年3月【学習支援本】

「職場体験完全ガイド 40」 加戸玲子 ポプラ社 2014年4月【学習支援本】

「パパママおしえてアートミステリー13話」 アンジェラ・ヴェンツェル著;野崎武夫翻訳+日本語版編集 辰巳出版 2014年6月【学習支援本】

「モナ・リザはチョコの色―美術とあそぼう!チューブくん絵本」 坂崎千春さく・え 美術

21

1 作品づくりの仕事

出版社　2014年6月【学習支援本】

「ぼくはクロード・モネ―画家のものがたり絵本」　林綾野さく;たんふるたんえ　美術出版社　2014年9月【学習支援本】

「名画で遊ぶあそびじゅつ!-世界をぐるりと美術鑑賞-」　エリザベート・ド・ランビリー著;大澤千加訳　ロクリン社　2014年10月【学習支援本】

「時代を切り開いた世界の10人：レジェンドストーリー 第2期9」　髙木まさき監修　学研教育出版　2015年2月【学習支援本】

「戦火の約束：漫画でよめる!：語り継がれる戦争の記憶」　三枝義浩漫画;横山秀夫原作　講談社　2015年7月【学習支援本】

「ぼくはクロード・モネ：絵本でよむ画家のおはなし 新装版」　林綾野さく;たんふるたんえ　講談社　2015年9月【学習支援本】

「フリーダ・カーロ = Frida Kahlo：悲劇と情熱に生きた芸術家の生涯：画家〈メキシコ〉―ちくま評伝シリーズ〈ポルトレ〉」　筑摩書房編集部著　筑摩書房　2015年10月【学習支援本】

「アンリ・ルソー：ひとりで学んで、画家への夢を追いかけた」　ミシェル・マーケルさく;アマンダ・ホールえ;志多田静やく　六耀社　2015年12月【学習支援本】

「ぼくはヨハネス・フェルメール：絵本でよむ画家のおはなし 新装版」　林綾野さく;たんふるたんえ　講談社　2015年12月【学習支援本】

「心のなかを描きたい!：色も形も自由なポスト印象主義―美術っておもしろい!；4」　小池寿子監修　彩流社　2016年1月【学習支援本】

「木版画の多色摺りに挑戦しよう! = Let's challenge multi-colored wood block printing! ―鎌倉市鏑木清方記念美術館子ども参加プログラム向けパンフレット = Kamakura City Kaburaki Kiyokata Memorial Art Museum booklet 2 for children；2」　新藤茂監修;鎌倉市鏑木清方記念美術館編;鎌倉市芸術文化振興財団編　鎌倉市鏑木清方記念美術館　2016年2月【学習支援本】

「いわさきちひろ：子どもの幸せと平和を絵にこめて―伝記を読もう；10」　松本由理子文　あかね書房　2016年3月【学習支援本】

「人生を切りひらいた女性たち：なりたい自分になろう! 3」　伊藤節監修;樋口恵子監修　教育画劇　2016年4月【学習支援本】

「名画で遊ぶあそびじゅつ!-世界の楽しい美術めぐり-」　エリザベート・ド・ランビリー著;大澤千加訳　ロクリン社　2016年4月【学習支援本】

「ミッフィーとほくさいさん―こどもと絵で話そう」　菊地敦己構成;国井美果文　美術出版社　2016年5月【学習支援本】

「レオナルド・ダ・ヴィンチ―Rikuyosha Children & YA Books. 世界の名画：巨匠と作品」　ポール・ロケット著　六耀社　2016年5月【学習支援本】

「若冲ぞうと出会った少年」　黒田志保子著　国土社　2016年5月【学習支援本】

「ポール・セザンヌ―Rikuyosha Children & YA Books. 世界の名画：巨匠と作品」　スージー・ブルックス著　六耀社　2016年6月【学習支援本】

「ピーテル・ブリューゲル―Rikuyosha Children & YA Books. 世界の名画：巨匠と作品」ポール・ロケット著　六耀社　2016年7月【学習支援本】

「フランシスコ・ゴヤ―Rikuyosha Children & YA Books. 世界の名画：巨匠と作品」　ポール・ロケット著　六耀社　2016年8月【学習支援本】

「クロード・モネ―Rikuyosha Children & YA Books. 世界の名画：巨匠と作品」　スージー・ブルックス著　六耀社　2016年9月【学習支援本】

「にぎやかなえのぐばこ：カンディンスキーのうたう色たち」　バーブ・ローゼンストック文；メアリー・グランプレ絵；なかがわちひろ訳　ほるぷ出版　2016年9月【学習支援本】

「色の魔術師：アンリ・マティスものがたり―RIKUYOSHA Children & YA Books」　マージョリー・ブライン・パーカーさく；ホリー・ベリーえ；志多田静やく　六耀社　2016年9月【学習支援本】

「名画で遊ぶあそびじゅつ!-絵が語る歴史と物語-」　エリザベート・ド・ランビリー著；大澤千加訳　ロクリン社　2016年9月【学習支援本】

「フィンセント・ファン・ゴッホ―Rikuyosha Children & YA Books. 世界の名画：巨匠と作品」　ルース・トムソン著　六耀社　2016年10月【学習支援本】

「北斎：ポップアップで味わう不思議な世界―しかけえほん」　葛飾北斎画；コートネイ・ワトソン・マッカーシー紙工作；寺澤比奈子訳　大日本絵画　2016年10月【学習支援本】

「ゴッホ―コミック版世界の伝記；35」　フカキショウコ漫画；木村泰司監修　ポプラ社　2016年12月【学習支援本】

「はじめての浮世絵：世界にほこる日本の伝統文化 2」　深光富士男著　河出書房新社　2017年1月【学習支援本】

「ピカソ：型破りの天才画家」　岡田好惠文；真斗絵；大髙保二郎監修　講談社（講談社青い鳥文庫）　2017年6月【学習支援本】

「ゴシック美術って、なんだろう？―Rikuyosha Children & YA Books. 図鑑：はじめてであう世界の美術」　ケイト・リッグス編　六耀社　2017年7月【学習支援本】

「ロマン主義って、なんだろう？―Rikuyosha Children & YA Books. 図鑑：はじめてであう世界の美術」　ケイト・リッグス編　六耀社　2017年8月【学習支援本】

「写実主義って、なんだろう？―Rikuyosha Children & YA Books. 図鑑：はじめてであう世界の美術」　ケイト・リッグス編　六耀社　2017年9月【学習支援本】

「猫だもの：ぼくとノラと絵描きのものがたり」　いせひでこ絵と文；かさいしんぺい文　平凡社　2017年9月【学習支援本】

「ぼくはフィンセント・ファン・ゴッホ―絵本でよむ画家のおはなし」　林綾野さく；たんふるたんえ　講談社　2017年10月【学習支援本】

「印象派って、なんだろう？―Rikuyosha Children & YA Books. 図鑑：はじめてであう世界の美術」　ケイト・リッグス編　六耀社　2017年10月【学習支援本】

「葛飾北斎―コミック版世界の伝記；37」　ちさかあや漫画；すみだ北斎美術館監修　ポプラ社　2017年10月【学習支援本】

1 作品づくりの仕事

「キュビスムって、なんだろう?—Rikuyosha Children & YA Books. 図鑑:はじめてであう世界の美術」 ケイト・リッグス編 六耀社 2017年11月【学習支援本】

「モダニズムって、なんだろう?—Rikuyosha Children & YA Books. 図鑑:はじめてであう世界の美術」 ケイト・リッグス編 六耀社 2017年12月【学習支援本】

「世界の名画物語:子どもたちとたどる絵画の歴史—Rikuyosha Children & YA Books」 ミック・マニング著;ブリタ・グランストローム著;BabelCorporation日本語版訳出;大森充香日本語版訳出 六耀社 2017年12月【学習支援本】

「岡本太郎:芸術という生き方」 平野暁臣文 あかね書房(伝記を読もう) 2018年3月【学習支援本】

「まんが平和をねがい続けた画家加納莞蕾」 さいわい徹脚本・画;加納佳世子監修 加納美術振興財団 2018年5月【学習支援本】

「Skybutterfly:殻の向こう」 Umi.doodle絵;瑠璃物語 ソラノイエ 2018年6月【学習支援本】

「ゴッホはなぜ星月夜のうねる糸杉をえがいたのか」 マイケル・バード著;ケイト・エヴァンズ絵;岡本由香子訳 エクスナレッジ 2018年6月【学習支援本】

「キース・ヘリング:ぼくのアートはとまらない!」 ケイ・A・ヘリング文;ロバート・ニューベッカー絵;梁瀬薫訳 評論社(評論社の児童図書館・絵本の部屋) 2018年7月【学習支援本】

「小学生のための「世界の名画」がわかる本—まなぶっく」 レブン著 メイツ出版 2018年7月【学習支援本】

「はじめての絵画の歴史:「見る」「描く」「撮る」のひみつ」 デイヴィッド・ホックニー著;マーティン・ゲイフォード著;ローズ・ブレイクイラスト;井上舞訳 青幻舎インターナショナル 2018年8月【学習支援本】

「ゴッホの星空:フィンセントはねむれない」 バーブ・ローゼンストック文;メアリー・グランプレ絵;なかがわちひろ訳 ほるぷ出版 2018年11月【学習支援本】

「ゴッホ:自分だけの絵を求めた情熱の画家」 山本まさみ文;オズノユミ絵;圀府寺司監修 学研プラス(やさしく読めるビジュアル伝記) 2019年4月【学習支援本】

「ジュニア版もっと知りたい世界の美術 1」 金子信久監修 東京美術 2019年12月【学習支援本】

「ジュニア版もっと知りたい世界の美術 2」 高橋明也監修 東京美術 2020年1月【学習支援本】

「世界を驚かせた女性の物語 [3]」 ジョージア・アムソン-ブラッドショー著;リタ・ペトルッチオーリ絵;阿蘭ヒサコ訳 旬報社 2020年1月【学習支援本】

「ジュニア版もっと知りたい世界の美術 3」 金子信久監修 東京美術 2020年2月【学習支援本】

「ジュニア版もっと知りたい世界の美術 4」 高橋明也監修 東京美術 2020年3月【学習支援本】

「ジュニア版もっと知りたい世界の美術 5」 東京美術 2020年10月【学習支援本】

「レオナルド・ダ・ビンチ」 フカキショウコ漫画;池上英洋監修 ポプラ社（コミック版世界の伝記） 2020年11月【学習支援本】

「ジュニア版もっと知りたい世界の美術 6」 金子信久監修 東京美術 2020年12月【学習支援本】

「ジュニア版もっと知りたい世界の美術 7」 高橋明也監修 東京美術 2020年12月【学習支援本】

「アートって何だろう：はじめてアートに出会う本」 中島裕司訳 保育社 2021年5月【学習支援本】

「江戸のジャーナリスト葛飾北斎 = HOKUSAI,Journalist of the Edo Period」 千野境子著 国土社 2021年5月【学習支援本】

「モナ・リザとレオナルド・ダ・ヴィンチ名画のひみつ―調べる学習百科」 小林明子監修 岩崎書店 2021年11月【学習支援本】

「若冲の絵本：み〜つけた！動植綵絵の生きものたち―小学館あーとぶっく；16」 伊藤若冲画;結城昌子構成・文 小学館 2021年12月【学習支援本】

「伝統の美がひかる！江戸時代の天才絵師 [1]」 山下裕二監修 ほるぷ出版 2021年12月【学習支援本】

▶ お仕事の様子をお話で読むには

「ブリューゲルと村びとたち：絵本画集―新・おはなし名画シリーズ；21」 ブリューゲル画;小手鞠るい文;森田義之監修 博雅堂出版 2010年6月【絵本】

「アトリエのきつね」 ロランス・ブルギニョン作;ギ・セルヴェ絵;中井珠子訳 BL出版 2011年11月【絵本】

「ねこのチャッピー―にじいろえほん」 ささめやゆき文・絵 小峰書店 2011年9月【絵本】

「世界一ばかなネコの初恋」 ジル・バシュレ文・絵;いせひでこ訳 平凡社 2011年3月【絵本】

「ふしぎなカメラ―PHPにこにこえほん」 辻村ノリアキさく;ゴトウノリユキえ PHP研究所 2012年11月【絵本】

「ぶたのモモコとフルーツパーラー 新装版」 森山京作;黒井健絵 小峰書店 2012年2月【絵本】

「絵描き = Peintre」 いせひでこ作 平凡社 2012年4月【絵本】

「ミッフィーとマティスさん―こどもと絵で話そう」 菊地敦己 構成,国井美果 文 美術出版社 2013年12月【絵本】

「ラファエロ：天使に愛された画家」 ニコラ・チンクエッティ 文,ビンバ・ランドマン 絵,青柳正規 監訳 西村書店東京出版編集部 2013年4月【絵本】

「ねこのチャッピー」 ささめやゆき文・絵 小峰書店（にじいろえほん） 2011年9月【絵本】

「ふしぎなカメラ」 辻村ノリアキ作;ゴトウノリユキ絵 ＰＨＰ研究所（ＰＨＰにこにこえほ

1 作品づくりの仕事

ん） 2012年11月【絵本】

「ラファエロ」 ニコラ・チンクエッティ文;ビンバ・ランドマン絵；青柳正規監訳　西村書店東京出版編集部　2013年4月【絵本】

「えをかくかくかく」 エリック・カール作;アーサー・ビナード訳　偕成社　2014年2月【絵本】

「あかいえのぐ」 エドワード・アーディゾーニ作;津森優子訳　瑞雲舎　2014年5月【絵本】

「ヨハンナの電車のたび」 カトリーン・シェーラー作;松永美穂訳　西村書店東京出版編集部　2014年6月【絵本】

「さいごの一葉」 オー・ヘンリー原作;いもとようこ文絵　金の星社　2014年9月【絵本】

「がかフランソワさん」 杉浦つかさ著　DINO BOX　2015年1月【絵本】

「おしえて、レンブラントさん」 ヤン・パウル・スクッテン文;マルテイン・ファン・デル・リンデン絵;野坂悦子訳　BL出版　2015年3月【絵本】

「シャルロッテの絵手紙：ガス室に消えたユダヤ人画家」 シャルロッテ・サロモン著　東銀座出版社　2015年8月【絵本】

「ふしぎなえかきさんーうみやまてつどう」 間瀬なおかた作・絵　ひさかたチャイルド　2015年9月【絵本】

「ぬけすずめ：古典落語「抜け雀」よりー古典と新作らくご絵本」 桃月庵白酒文;nakaban絵;ばばけんいち編　あかね書房　2016年5月【絵本】

「あるアーティストと悪がきだったぼくのこと：アルル時代のファン・ゴッホの物語ーRIKUYOSHA Children & YA Books」 シェーン・ピーコックさく;ソフィ・カーソンえ;おびただすやく　六耀社　2016年8月【絵本】

「まめまめくん」 デヴィッド・カリ文;セバスチャン・ムーラン絵;ふしみみさを訳　あすなろ書房　2016年10月【絵本】

「流木のいえ」 石川えりこ作　小学館　2017年2月【絵本】

「フリーダ・カーロ：リトル・ピープル、ビッグ・ドリームーRikuyosha Children & YA Books」 イザベル・サンチェス・ヴェガラぶん;アン・ジー・ファンえ;おびただすやく　六耀社　2017年3月【絵本】

「空をつくる」 村尾亘作・絵　小さい書房　2017年6月【絵本】

「ペペットのえかきさん」 リンダ・ラヴィン・ロディング文;クレア・フレッチャー絵;なかがわちひろ訳　絵本塾出版　2017年7月【絵本】

「キース・ヘリング：ぼくのアートはとまらない!ー評論社の児童図書館・絵本の部屋」 ケイ・A・ヘリング文;ロバート・ニューベッカー絵;梁瀬薫訳　評論社　2018年7月【絵本】

「タイショウ星人のふしぎな絵ーえほんのもり」 中島さち子作;くすはら順子絵　文研出版　2018年8月【絵本】

「ポケットに色をつめこんで：イッツ・ア・スモールワールドのディズニー・アーティストメアリー・ブレアの世界」 エイミー・グリエルモ文;ジャクリーン・トゥールヴィル文;ブリ

ジット・バラガー絵;神戸万知訳　フレーベル館　2018年10月【絵本】

「フェルメール：この一瞬の光を永遠に」　キアーラ・ロッサーニ文;アンドレア・アレマンノ絵;結城昌子監訳　西村書店東京出版編集部　2018年12月【絵本】

「フランダースの犬―はじめての世界名作えほん；45」　ウィーダ原作;中脇初枝文;高野登作画　ポプラ社　2019年3月【絵本】

「タブローの向こうへ：旅する絵描き」　いせひでこ著　文藝春秋　2019年7月【絵本】

「海の見える丘：絵本版―5つの風の絵ものがたり」　くすのきしげのり作;古山拓絵　星の環会　2019年10月【絵本】

「えかきのねこ」　はっとりまり文;サラ・バトル絵　オットートレーディング　2019年11月【絵本】

「にじいろのせかい」　刀根里衣著　NHK出版　2020年11月【絵本】

「ドガさんをおいかけて」　エヴァ・モンタナーリ作;安野亜矢子訳　文化学園文化出版局　2021年3月【絵本】

「海のアトリエ」　堀川理万子著　偕成社　2021年5月【絵本】

「ちひろダイアリー = Chihiro Diary 1918-1974―らんぷの本. mascot」　竹迫祐子編著;ちひろ美術館編著　河出書房新社　2021年7月【絵本】

「売れない絵描き」　彩織り絵と文　石田製本　2021年10月【絵本】

「レインボーとふしぎな絵―チュウチュウ通りのゆかいななかまたち；4番地」　エミリー・ロッダ作;さくまゆみこ訳;たしろちさと絵　あすなろ書房　2010年4月【児童文学】

「約束：「無言館」への坂をのぼって」　窪島誠一郎作;かせりょう絵　アリス館　2010年6月【児童文学】

「世界がぼくらをまっている!―わくわくライブラリー」　工藤有為子作;あべ弘士絵　講談社　2010年9月【児童文学】

「チビ虫マービンは天才画家!」　エリース・ブローチ作;ケリー・マーフィー絵;伊藤菜摘子訳　偕成社　2011年3月【児童文学】

「夜の欧羅巴」　井上雅彦著　講談社(Mystery land)　2011年3月【児童文学】

「ライオンとウサギ 絵描きと少女」　毛利賢一郎文;あづさ絵;毛利賢一郎文;あづさ絵　文芸社　2011年5月【児童文学】

「灰色の地平線のかなたに」　ルータ・セペティス作;野沢佳織訳　岩波書店　2012年1月【児童文学】

「優しさごっこ 新装版」　今江祥智作　理論社　2012年4月【児童文学】

「絵描きのミナミ」　かわいますみ著　文芸社　2012年9月【児童文学】

「おばけやさん 3 (ふわふわするのもしごとです)」　おかべりか作　偕成社　2013年5月【児童文学】

「カンヴァスの向こう側：少女が見た素顔の画家たち」　フィン・セッテホルム著;枇谷玲子訳　評論社　2013年10月【児童文学】

1 作品づくりの仕事

「夜空の宝物：夜空に"お月さま"を描く画家、アローユおじさんのお話」 副島優子文;田中伸介絵 文芸社 2014年2月【児童文学】

「本物のモナ・リザはどこに：ココ、パリへ行く」 イワン・クーシャン作;山本郁子訳 冨山房インターナショナル 2014年5月【児童文学】

「マーリャンとまほうのふで：中国むかしばなし 改訂新版―せかい童話図書館；26」 あきせいじぶん;たかはしつねおえ;子ども文化研究所監修 いずみ書房 2014年9月【児童文学】

「椅子：しあわせの分量」 ささめやゆき作 BL出版 2015年4月【児童文学】

「フランダースの犬―ポプラ世界名作童話；5」 ウィーダ作;濱野京子文;小松咲子絵 ポプラ社 2015年11月【児童文学】

「メディチ家の紋章 下」 テリーザ・ブレスリン作;金原瑞人訳;秋川久美子訳 小峰書店 (Sunnyside Books) 2016年2月【児童文学】

「メディチ家の紋章 上」 テリーザ・ブレスリン作;金原瑞人訳;秋川久美子訳 小峰書店 (Sunnyside Books) 2016年2月【児童文学】

「「悩み部」の焦燥と、その暗躍。―5分後に意外な結末」シリーズ」 麻希一樹著;usi絵 学研プラス 2016年5月【児童文学】

「赤い1人がけソファの話」 すみだはな著 文芸社 2016年5月【児童文学】

「ミスターオレンジ」 トゥルース・マティ作;野坂悦子訳;平澤朋子絵 朔北社 2016年9月【児童文学】

「絵描きと天使：小さなおとなたちへ贈る20編の短い話」 石倉欣二作・絵 ポプラ社 2016年9月【児童文学】

「カンヴァスの向こう側 続」 フィン・セッテホルム著;枇谷玲子訳 評論社 2017年3月【児童文学】

「怪盗レッド 13」 秋木真作;しゅー絵 KADOKAWA（角川つばさ文庫） 2017年3月【児童文学】

「ディズニープリンセスいちばんすてきな日：塔の上のラプンツェル〜忘れられない日〜 シンデレラ〜ネズミの失敗〜」 ヘレン・ペレルマン文;エリー・オライアン文;中井はるの訳 講談社（講談社KK文庫） 2017年6月【児童文学】

「26階だてのツリーハウス：海賊なんてキライ!」 アンディ・グリフィス作;テリー・デントン絵;中井はるの訳 ポプラ社 2018年1月【児童文学】

「39階だてのツリーハウス：マヌケな発明しないで!」 アンディ・グリフィス作;テリー・デントン絵;中井はるの訳 ポプラ社 2019年3月【児童文学】

「きつねの時間」 蓼内明子作;大野八生絵 フレーベル館（文学の森） 2019年9月【児童文学】

「映画クレヨンしんちゃん激突!ラクガキングダムとほぼ四人の勇者」 臼井儀人原作;高田亮脚本;京極尚彦監督・脚本;蒔田陽平ノベライズ 双葉社（双葉社ジュニア文庫） 2020年4月【児童文学】

「ムーンヒルズ魔法宝石店 4―わくわくライブラリー」 あんびるやすこ作・絵 講談社

2020年7月【児童文学】

「ぼくに色をくれた真っ黒な絵描き : シャ・キ・ペシュ理容店のジョアン―ティーンズ文学館」北川佳奈作;しまざきジョゼ絵　学研プラス　2021年2月【児童文学】

「SPY×FAMILY : 家族の肖像」　遠藤達哉原作;矢島綾小説　集英社　2021年7月【ライトノベル・ライト文芸】

「雲雀坂の魔法使い」　沖田円著　実業之日本社　2021年4月【ライトノベル・ライト文芸】

「線は、僕を描く」　砥上裕將 [著]　講談社　2021年10月【ライトノベル・ライト文芸】

「探偵は追憶を描かない」　森晶麿 著　早川書房　2021年5月【ライトノベル・ライト文芸】

「赤い球体 : 美術調律者・影」　倉阪鬼一郎著　角川書店（角川ホラー文庫）　2012年9月【ライトノベル・ライト文芸】

「黒い楕円 : 美術調律者・影」　倉阪鬼一郎著　角川書店（角川ホラー文庫）　2012年11月【ライトノベル・ライト文芸】

「冥罰 : リトリビューション―スタンレー・ホークの事件簿 ; 4」　山藍紫姫子著　角川書店（角川文庫）　2012年12月【ライトノベル・ライト文芸】

「白い封印 : 美術調律者・影」　倉阪鬼一郎著　角川書店（角川ホラー文庫）　2013年3月【ライトノベル・ライト文芸】

「葉書の中の白い街―ミステリ・フロンティア ; 80」　西本秋著　東京創元社　2014年3月【ライトノベル・ライト文芸】

「猫舌男爵」　皆川博子著　早川書房（ハヤカワ文庫 JA）　2014年11月【ライトノベル・ライト文芸】

「終わりの志穂さんは優しすぎるから : Farewell,My Beauty.」　八重野統摩著　KADOKAWA（メディアワークス文庫）　2015年6月【ライトノベル・ライト文芸】

「西東京市白光団地の最凶じいちゃん・イワオ〈74〉2」　戸梶圭太著　オークラ出版（オークラ出版文庫）　2015年7月【ライトノベル・ライト文芸】

「最後の晩ごはん [6]」　椹野道流著　KADOKAWA（角川文庫）　2016年5月【ライトノベル・ライト文芸】

「神の値段」　一色さゆり著　宝島社(宝島社文庫)　2017年1月【ライトノベル・ライト文芸】

「公爵夫妻の面倒な事情」　芝原歌織著　講談社(講談社X文庫)　2017年2月【ライトノベル・ライト文芸】

「浅草あやかし絵解き : 怪異とグルメは飯のタネ」　瑞山いつき著　宝島社（宝島社文庫）　2018年4月【ライトノベル・ライト文芸】

「かなで香工房 : 幸せ調香いたします」　梨沙著　一迅社（メゾン文庫）　2019年2月【ライトノベル・ライト文芸】

「しらしらと水は輝き」　花川戸菖蒲著　二見書房(二見サラ文庫)　2019年2月【ライトノベル・ライト文芸】

「吸血鬼と生きている肖像画」　赤川次郎著　集英社（集英社文庫）　2019年6月【ライトノベ

1 作品づくりの仕事

ル・ライト文芸】

「極彩色の食卓」 みお著 マイクロマガジン社（ことのは文庫） 2019年6月【ライトノベル・ライト文芸】

「探偵は絵にならない」 森晶麿著 早川書房（ハヤカワ文庫 JA） 2020年2月【ライトノベル・ライト文芸】

「彼女の色に届くまで」 似鳥鶏著 KADOKAWA（角川文庫） 2020年2月【ライトノベル・ライト文芸】

「極彩色の食卓 [2]」 みお著 マイクロマガジン社（ことのは文庫） 2020年5月【ライトノベル・ライト文芸】

「君を描けば嘘になる」 綾崎隼著 KADOKAWA（角川文庫） 2020年7月【ライトノベル・ライト文芸】

「星の降る家のローレン：僕を見つける旅にでる」 北川恵海著 KADOKAWA（メディアワークス文庫） 2020年7月【ライトノベル・ライト文芸】

「うちの執事に願ったならば9」 高里椎奈著 KADOKAWA（角川文庫） 2020年8月【ライトノベル・ライト文芸】

「黒猫と歩む白日のラビリンス」 森晶麿著 早川書房（ハヤカワ文庫 JA） 2020年9月【ライトノベル・ライト文芸】

絵師

本来、浮世絵の下絵を描く職業を指していましたが、現在はアニメやゲーム、漫画などのキャラクターや世界を描く仕事として呼ばれることが多いです。アニメのキャラクターのデザインや、ゲームの背景を美しく描いたりしています。絵師は、物語やゲームの世界観を作り上げるために、キャラクターがどんな表情をするか、どんな服を着るかを考え、色や形にこだわり、細かいところまで工夫して描きます。視覚的に物語やキャラクターを生き生きとさせ、画面に引き込まれるような魅力的なビジュアルを作り出しています。

▶お仕事について詳しく知るには

「日曜日のハローワーク」 小田豊二 著 東京書籍 2015年9月【学習支援本】

▶お仕事の様子をお話で読むには

「清政:絵師になりたかった少年」 茂木ちあき作;高橋ユミ絵 新日本出版社 2015年2月【児童文学】

「ソライロ♪プロジェクト 1」 一ノ瀬三葉作;夏芽もも絵 KADOKAWA(角川つばさ文庫) 2017年6月【児童文学】

「ソライロ♪プロジェクト 2」 一ノ瀬三葉作;夏芽もも絵 KADOKAWA(角川つばさ文庫) 2017年11月【児童文学】

「まほろ姫とにじ色の水晶玉」 なかがわちひろ作 偕成社 2017年12月【児童文学】

「ソライロ♪プロジェクト 3」 一ノ瀬三葉作;夏芽もも絵 KADOKAWA(角川つばさ文庫) 2018年5月【児童文学】

「ソライロ♪プロジェクト 4」 一ノ瀬三葉作;夏芽もも絵 KADOKAWA(角川つばさ文庫) 2018年11月【児童文学】

「ソライロ♪プロジェクト 5」 一ノ瀬三葉作;夏芽もも絵 KADOKAWA(角川つばさ文庫) 2019年4月【児童文学】

「ソライロ♪プロジェクト 6」 一ノ瀬三葉作;夏芽もも絵 KADOKAWA(角川つばさ文庫)

1 作品づくりの仕事

2019年9月【児童文学】

「祇園祭にあわいは騒ぎ：妖怪センセの京怪図巻」 朝戸麻央著　KADOKAWA（富士見L文庫）　2015年7月【ライトノベル・ライト文芸】

「アヤカシ絵師の奇妙な日常」 相原鴎著　KADOKAWA（メディアワークス文庫）　2017年9月【ライトノベル・ライト文芸】

「はじらいサキュバスがドヤ顔かわいい。：〜ふふん、私は今日からあなたの恋人ですから……!」 旭蓑雄著　KADOKAWA（電撃文庫）　2018年7月【ライトノベル・ライト文芸】

「はじらいサキュバスがドヤ顔かわいい。2」 旭蓑雄著　KADOKAWA（電撃文庫）　2018年12月【ライトノベル・ライト文芸】

「オタビッチ綾崎さんは好きって言いたい」 戸塚陸著　KADOKAWA（富士見ファンタジア文庫）　2019年1月【ライトノベル・ライト文芸】

「取締役は神絵師」 水沢あきと著　LINE（LINE文庫）　2019年9月【ライトノベル・ライト文芸】

「京都岡崎、月白さんとこ：人嫌いの絵師とふたりぼっちの姉妹」 相川真著　集英社（集英社オレンジ文庫）　2020年9月【ライトノベル・ライト文芸】

「あやかしギャラリー画楽多堂：転生絵師の封筆事件簿」 希多美咲著　集英社　2021年5月【ライトノベル・ライト文芸】

「京都岡崎、月白さんとこ [2]」 相川真著　集英社　2021年6月【ライトノベル・ライト文芸】

絵本作家

子どもたちが読む絵本を作る仕事です。ストーリーを考えて文章を書くと同時に、内容に合った絵を描きます。例えば、動物たちの冒険や魔法の国の話などを作り、ページごとに素敵な絵をつけます。子どもたちがわくわくしながら読めるように、簡単な言葉と楽しい絵で物語を伝えます。読み聞かせをするときにも一人で読むときにも楽しめるように、物語とイラストを工夫して合わせて、魅力的な絵本に仕上げます。

▶お仕事について詳しく知るには

「わたしのなかの子ども」 シビル・ウェッタシンハ著;松岡享子訳 福音館書店 2011年2月【学習支援本】

「感動する仕事!泣ける仕事!: お仕事熱血ストーリー 第2期 2（あなたの笑顔が見たいから）」 日本児童文芸家協会編集 学研教育出版 2012年2月【学習支援本】

「ターシャ・テューダー：花にかこまれた生活を生涯愛した絵本作家―集英社版・学習漫画. 世界の伝記NEXT」 ノセクニコ漫画;黒沢翔シナリオ;アン・ベネデュース監修・解説;伊藤元雄監修・解説 集英社 2012年7月【学習支援本】

「絵本作家になるには―なるにはBOOKS；139」 小野明著;柴田こずえ著 ぺりかん社 2013年1月【学習支援本】

「明日のカルタ：ことば絵本」 倉本美津留著;テッポー・デジャイン。イラスト 日本図書センター 2013年6月【学習支援本】

「やなせたかし：愛と勇気を子どもたちに―伝記を読もう；3」 中野晴行文 あかね書房 2016年3月【学習支援本】

「職場体験完全ガイド 48」 ポプラ社編集 ポプラ社 2016年4月【学習支援本】

「ARTIST to artist：未来の芸術家たちへ23人の絵本作家からの手紙」 エリック・カール絵本美術館ほか著;前沢明枝訳 東京美術 2017年3月【学習支援本】

「好きなモノから見つけるお仕事：キャリア教育にぴったり！1」 藤田晃之監修 学研プラス 2018年2月【学習支援本】

「過去六年間を顧みて：かこさとし小学校卒業のときの絵日記」 かこさとし著 偕成社 2018年3月【学習支援本】

1 作品づくりの仕事

「戦争なんか大きらい！：絵描きたちのメッセージ」　子どもの本・九条の会著　大月書店　2018年9月【学習支援本】

「私の絵本ろん：中・高校生のための絵本入門 新装版」　赤羽末吉著　平凡社（平凡社ライブラリー）　2020年5月【学習支援本】

「はじまりは、まっしろな紙：日系アメリカ人絵本作家ギョウ・フジカワがえがいた願い」キョウ・マクレア文;ジュリー・モースタッド絵;八木恭子訳　フレーベル館　2020年11月【学習支援本】

「どうして、わたしはわたしなの？：トミ・ウンゲラーのすてきな人生哲学」　トミ・ウンゲラー著;アトランさやか訳　現代書館　2021年2月【学習支援本】

「かこさとし：遊びと絵本で子どもの未来を―伝記を読もう；24」　鈴木愛一郎文　あかね書房　2021年3月【学習支援本】

▶ お仕事の様子をお話で読むには

「ゴフスタイン＝M.B.Goffstein：つつましく美しい絵本の世界」　ゴフスタイン作;柴田こずえ編　平凡社　2021年5月【絵本】

「あしなが蜂と暮らした夏」　甲斐信枝著　中央公論新社　2020年10月【児童文学】

「書店男子と猫店主の長閑なる午後」　ひずき優著　集英社（集英社オレンジ文庫）　2015年8月【ライトノベル・ライト文芸】

「絵本作家・百灯瀬七姫のおとぎ事件ノート」　喜多南著　宝島社（宝島社文庫）　2015年9月【ライトノベル・ライト文芸】

「書店男子と猫店主の平穏なる余暇」　ひずき優著　集英社（集英社オレンジ文庫）　2016年1月【ライトノベル・ライト文芸】

「横浜元町コレクターズ・カフェ」　柳瀬みちる著　KADOKAWA(角川文庫)　2017年3月【ライトノベル・ライト文芸】

ブックデザイナー、装丁家（そうていか）

本の表紙や中身のデザインを作る仕事です。例えば、物語の雰囲気に合った表紙の絵や、タイトルの文字のスタイルを考えます。中身のページも絵や文字が見やすくなるように配置します。本を手に取った人が「読んでみたい！」と思うようなデザインを作ることが重要です。ブックデザイナーは、文字の大きさやイラストの配置など、細かいところまで考えて、本を魅力的に仕上げます。

▶お仕事について詳しく知るには

「ブックデザイナー ＝ Book Designer：時代をつくるデザイナーになりたい!!―Rikuyosha Children & YA Books」　スタジオ248編著　六耀社　2017年9月【学習支援本】

▶お仕事の様子をお話で読むには

「装幀室のおしごと。：本の表情つくりませんか？2」　範乃秋晴著　KADOKAWA（メディアワークス文庫）　2017年7月【ライトノベル・ライト文芸】

「編集長殺し ＝ Killing Editor In chief」　川岸殴魚著　小学館（ガガガ文庫）　2017年12月【ライトノベル・ライト文芸】

「編集長殺し ＝ Killing Editor In chief 2」　川岸殴魚著　小学館（ガガガ文庫）　2018年4月【ライトノベル・ライト文芸】

「編集長殺し ＝ Killing Editor In chief 3」　川岸殴魚著　小学館（ガガガ文庫）　2018年8月【ライトノベル・ライト文芸】

「編集長殺し ＝ Killing Editor In chief 4」　川岸殴魚著　小学館（ガガガ文庫）　2018年12月【ライトノベル・ライト文芸】

「編集長殺し ＝ Killing Editor In chief 5」　川岸殴魚著　小学館（ガガガ文庫）　2019年4月【ライトノベル・ライト文芸】

「すべては装丁内 ＝ All is inside the binding」　木緒なち著　LINE（LINE文庫）　2019年10月【ライトノベル・ライト文芸】

1 作品づくりの仕事

グラフィックデザイナー

ポスターや広告、ロゴなどさまざまなデザインを手がける仕事です。例えば、お店の看板やイベントのチラシ、商品パッケージなどを、デザインソフトを使って、色や形、文字のスタイルを工夫し、わかりやすく、目を引くようなデザインを作ります。グラフィックデザイナーは、見た人が「かっこいい！」とか「かわいい！」と思うような、視覚的に魅力のある作品を、絵や図、配置を考えながら作り上げます。

▶ お仕事について詳しく知るには

「仕事の図鑑：なりたい自分を見つける! 13 (人の心を動かす芸術文化の仕事)」「仕事の図鑑」編集委員会 編　あかね書房　2010年3月【学習支援本】

「グラフィックデザイナー = Graphic Designer：時代をつくるデザイナーになりたい!!」　スタジオ248編著　六耀社　2016年2月【学習支援本】

「キャリア教育に活きる!仕事ファイル：センパイに聞く 2」　小峰書店編集部編著　小峰書店　2017年4月【学習支援本】

「職場体験完全ガイド 55」　ポプラ社編集　ポプラ社　2017年4月【学習支援本】

▶ お仕事の様子をお話で読むには

「HEARTBLUE」　小路幸也著　東京創元社（創元推理文庫）　2013年5月【ライトノベル・ライト文芸】

「クロハルメイカーズ = KUROHARU MAKERS：恋と黒歴史と青春の作り方」　砂義出雲著　小学館（ガガガ文庫）　2018年3月【ライトノベル・ライト文芸】

「できない男」　額賀澪著　集英社　2020年3月【ライトノベル・ライト文芸】

エディトリアルデザイナー

雑誌や新聞などのページのデザインをする仕事で、文章や写真、イラストをどのように配置するか考えて、読みやすく美しいページを作ります。例えば、タイトルをどこに置くか、どの色を使うか、写真の大きさや位置はどうするかなどを決めます。エディトリアルデザイナーの仕事は、読者が楽しんで読むことができるように工夫することです。創造力と技術を使って、文章とビジュアルのバランスを取りながらデザインします。

DTPデザイナー

パソコンを使って本や雑誌、チラシなどをデザインして、印刷するためのデータを作成する仕事です。DTPとは「Desktop Publishing（デスクトップ・パブリッシング）」の略で、コンピュータを使って印刷物を作ることを指します。DTPデザイナーは、文章や写真、イラストをきれいに配置し、見やすくて魅力的なデザインを作ります。文字の書体や色、写真の位置や大きさなどを工夫して、読み手が楽しく読むことができるようにします。

1 作品づくりの仕事

書体デザイナー

書体という、表示・印刷などに用いられている字体の形やスタイルを作る仕事です。例えば、丸っこい文字や角ばった文字、細い文字や太い文字など、さまざまなスタイルの文字を作ります。作った書体は、本やポスター、広告、看板、ウェブサイトなど、いろいろ場面で使われます。書体デザイナーの仕事は、見やすくて美しい文字をデザインすることです。

▶お仕事について詳しく知るには

「NHKプロフェッショナル仕事の流儀.7」 NHK「プロフェッショナル」制作班 編 ポプラ社 2018年4月【学習支援本】

▶お仕事の様子をお話で読むには

「招キ探偵事務所：字幕泥棒をさがせ」 高里椎奈著 講談社（講談社タイガ） 2018年3月【ライトノベル・ライト文芸】

アートディレクター

広告や映画、雑誌などのビジュアルデザインを統括する仕事で、デザインチームをリードし、全体の見た目やスタイルを決めます。例えば、色使いやフォントの選び方、写真やイラストの配置などを指示します。アートディレクターは、アイデアを考え、チームと協力してそれを形にする責任があります。彼らの目標は、作品が視覚的に美しく、メッセージが効果的に伝わるようにすることです。

▶お仕事について詳しく知るには

「キャリア教育に活きる!仕事ファイル:センパイに聞く.23」 小峰書店編集部 編著　小峰書店　2020年4月【学習支援本】

1 作品づくりの仕事

書道家

日本の伝統的な「書道」を使って、毛筆や筆ペンで美しい文字を書くことを専門にしている仕事です。例えば、詩や俳句、お祝いのメッセージなどを、心を込めて丁寧に書きます。書道は単に文字を書くものではなく、芸術としての美しさを追求するもので、文字の形や配置、墨の濃さなどにこだわって表現されます。書道家は、書という芸術を通して、言葉の美しさや深さを伝えます。

▶ お仕事について詳しく知るには

「仕事の図鑑：なりたい自分を見つける！13 (人の心を動かす芸術文化の仕事)」「仕事の図鑑」編集委員会 編　あかね書房　2010年3月【学習支援本】

「感動する仕事！泣ける仕事！：お仕事熱血ストーリー. 第2期 2 (あなたの笑顔が見たいから) 学研教育出版 学研マーケティング (発売)　2012年2月【学習支援本】

「希望の筆：ダウン症の書家・金澤翔子物語―感動ノンフィクションシリーズ」　丘修三文　佼成出版社　2011年12月【学習支援本】

▶ お仕事の様子をお話で読むには

「筆跡鑑定人・東雲清一郎は、書を書かない。」　谷春慶著　宝島社（宝島社文庫）　2015年1月【ライトノベル・ライト文芸】

「猫入りチョコレート事件：見習い編集者・真島のよろず探偵簿」　藤野恵美著　ポプラ社（ポプラ文庫ピュアフル）　2015年7月【ライトノベル・ライト文芸】

「老子収集狂事件―見習い編集者・真島のよろず探偵簿」　藤野恵美著　ポプラ社（ポプラ文庫ピュアフル）　2015年11月【ライトノベル・ライト文芸】

「筆跡鑑定人・東雲清一郎は、書を書かない。[2]」　谷春慶著　宝島社（宝島社文庫）　2016年6月【ライトノベル・ライト文芸】

「筆跡鑑定人・東雲清一郎は、書を書かない。[3]」　谷春慶著　宝島社（宝島社文庫）　2017年6月【ライトノベル・ライト文芸】

「筆跡鑑定人・東雲清一郎は、書を書かない。[4]」　谷春慶著　宝島社（宝島社文庫）　2019年2月【ライトノベル・ライト文芸】

染色家
せんしょくか

特別な染料や技術を使って、布や糸を美しい色に染める仕事です。例えば、絞り染めや藍染めといった伝統的な技法を使って、さまざまな模様や色合いを作り出します。また、自分だけのオリジナルデザインを作ることもあります。染色家の仕事は、色の組み合わせや模様のデザインを考え、布に美しく再現することで、染色家が作った布は、着物や洋服、小物、インテリアなど、いろいろなものに使われています。

▶お仕事について詳しく知るには

「よみがえった奇跡の紅型」 中川なをみ著 あすなろ書房 2019年11月【学習支援本】

▶お仕事の様子をお話で読むには

「軽井沢花野荘スローライフ：貴方への手作りウエディング」 葵居ゆゆ著 KADOKAWA（富士見L文庫） 2018年11月【ライトノベル・ライト文芸】

41

1 作品づくりの仕事

彫刻家

木や石、金属などを使って立体的な作品を作る仕事をしています。彫刻家は、材料を削ったり、切ったり、組み合わせたりして、自分のアイデアを形にします。例えば、人や動物の像、抽象的な形、記念碑などを作ります。作品は美術館や公園、建物の中など、いろいろな場所に展示されます。専門的な技術や知識、そして高い創造力で、彼らは作品を通じてメッセージを伝えたり、美しさや驚きを表現したりして、多くの人々に感動を与えます。

▶ お仕事について詳しく知るには

「石の巨人：ミケランジェロのダビデ像―絵本地球ライブラリー」 ジェーン・サトクリフ文;ジョン・シェリー絵;なかがわちひろ訳 　小峰書店　2013年9月【学習支援本】

「芸術ってどんなもの？：体験しよう!近代彫刻の歴史」 デビッド・A・カーター作;ジェームス・ダイアズ作;みずしまあさこ訳 　大日本絵画　2014年【学習支援本】

「岡本太郎：「芸術は爆発だ」。天才を育んだ家族の物語：芸術家〈日本〉―ちくま評伝シリーズ〈ポルトレ〉」 筑摩書房編集部著　筑摩書房　2014年12月【学習支援本】

「世界を驚かせた女性の物語 [3]」 ジョージア・アムソン-ブラッドショー著;リタ・ペトルッチオーリ絵;阿蘭ヒサコ訳　旬報社　2020年1月【学習支援本】

▶ お仕事の様子をお話で読むには

「たいせつなきみ：とびだす絵本」 マックス・ルケード作;セルジオ・マルティネス絵;ホーバード・豊子訳　いのちのことば社フォレストブックス　2016年10月【絵本】

「ルイーズ・ブルジョワ：糸とクモの彫刻家」 エイミー・ノヴェスキー文;イザベル・アルスノ絵;河野万里子訳　西村書店東京出版編集部　2018年10月【絵本】

「たいせつなきみ 20th Anniversary Edition」 マックス・ルケード作;セルジオ・マルティネス絵;ホーバード・豊子訳　いのちのことば社フォレストブックス　2018年12月【絵本】

「眠り猫―日本傑作絵本シリーズ. 講談えほん」　宝井琴調文;ささめやゆき絵　福音館書店　2021年4月【絵本】

「月の少年」　沢木耕太郎作;浅野隆広絵　講談社　2012年4月【児童文学】

「蒼とイルカと彫刻家―いのちいきいきシリーズ」　長崎夏海作;佐藤真紀子絵　佼成出版社　2016年5月【児童文学】

「たいせつなきみストーリーブック ＝ "YOU ARE SPECIAL" STORYBOOK SERIES : 全6話」　マックス・ルケード作;セルジオ・マルティネス絵;デイビッド・ウェンゼル絵;松波史子訳　いのちのことば社フォレストブックス(Forest Books)　2019年8月【児童文学】

フラワーデザイナー

花を使って美しいアレンジメントや装飾を作る仕事で、色や形、大きさの異なる花を組み合わせて、ブーケや花束、花の飾りつけを作ります。例えば、結婚式やパーティーといったお祝いの場面で使われる花のデコレーションをデザイン  します。季節やイベントに合わせて、花を選び、美しく配置したり、テレビの背景や雑誌の写真用に花を演出することもあります。フラワーデザイナーの作品は、見る人々に喜びや感動を与えます。

▶ お仕事について詳しく知るには

「感動する仕事!泣ける仕事!: お仕事熱血ストーリー 5 (感じたとおりに表現する)」　学研教育出版　2010年2月【学習支援本】

「フラワーデザイナー ＝ Flower Designer : 時代をつくるデザイナーになりたい!!」　スタジオ248編著　六耀社　2016年3月【学習支援本】

1 作品づくりの仕事

フラワーコーディネーター

花を使ってきれいな飾りを作る仕事をする人です。結婚式場やお誕生日パーティーの会場、お店のディスプレイなどを花の装飾で美しく彩ります。どんな花を使うか、どんな色や形にするかを考えて、花をアレンジします。例えば、結婚式では白いバラやユリを使って、お祝いの雰囲気を作ります。お店のショーウィンドウには、季節に合った花を使って、お客さんが入りたくなるようなディスプレイを作ります。フラワーコーディネーターの仕事により、いろいろな場所が美しくなり、特別なイベントがもっと素敵になるのです。

▶お仕事について詳しく知るには

「感動する仕事!泣ける仕事!:お仕事熱血ストーリー.5(感じたとおりに表現する)」 学研教育出版 学研マーケティング（発売） 2010年2月【学習支援本】

ガーデデザイナー

庭や公園を美しくデザインする仕事です。ガーデンデザイナーは、植物や花、木をどこに植えるか考え、見た目がきれいで楽しい空間を作ります。例えば、庭の形や小道の位置、水の流れなどを計画し、どの植物をどの季節に植えるかを決めます。また、ベンチや噴水などの飾りもデザインします。ガーデンデザイナーが作った庭や公園は、みんなが楽しんだり、リラックスしたりする場所になります。

▶ お仕事について詳しく知るには

「NHKプロフェッショナル仕事の流儀.7」 NHK「プロフェッショナル」制作班 編 ポプラ社 2018年4月【学習支援本】

1 作品づくりの仕事

 その他、芸術家やクリエイターに関連する本

▶ お仕事について詳しく知るには

「こころを育てる魔法の言葉 1 (夢をかなえる言葉)」　中井俊已文;小林ゆき子絵　汐文社　2010年2月【学習支援本】

「仕事の図鑑：なりたい自分を見つける! 13 (人の心を動かす芸術文化の仕事)」「仕事の図鑑」編集委員会編　あかね書房　2010年3月【学習支援本】

「職業ガイド・ナビ 2 (コンピュータ・通信・放送/伝統技術/芸能・演芸/アート・デザイン)」ヴィットインターナショナル企画室編　ほるぷ出版　2011年2月【学習支援本】

「わたしが子どもだったころ 3」　NHK「わたしが子どもだったころ」制作グループ編　ポプラ社　2012年3月【学習支援本】

「まんが写真教科書にでてくる最重要人物185人：分野別・ビジュアル版 増補改訂版—学研のまるごとシリーズ」　田代脩監修;紫藤貞昭監修;漆原智良執筆;大朏博善執筆;和順高雄執筆　学研教育出版　2013年6月【学習支援本】

「なりたい自分を見つける!仕事の図鑑 16 (生活をいろどるアートの仕事)」〈仕事の図鑑〉編集委員会編　あかね書房　2014年3月【学習支援本】

「未来をきりひらく!夢への挑戦者たち 2 (文化・芸術編)　教育画劇　2014年4月【学習支援本】

「たいせつなわすれもの」　もりむらやすまさ著　平凡社　2014年8月【学習支援本】

「岡本太郎：「芸術は爆発だ」。天才を育んだ家族の物語：芸術家〈日本〉―ちくま評伝シリーズ〈ポルトレ〉」　筑摩書房編集部著　筑摩書房　2014年12月【学習支援本】

「外国人が教えてくれた!私が感動したニッポンの文化：子どもたちに伝えたい!仕事に学んだ日本の心 第2巻 (こんなに美しい・おいしいなんて!高みをめざす職人の巧み)」　ロバートキャンベル監修　日本図書センター　2015年1月【学習支援本】

「10代のための座右の銘：今を変える未来を変える」　大泉書店編集部編　大泉書店　2015年9月【学習支援本】

「職場体験完全ガイド 50」　ポプラ社編集　ポプラ社　2016年4月【学習支援本】

「きせきの星 = Wonder van de Ster：マナ・オリさんのおりがみ「星とツル」」　マナ・オリさく　あいり出版　2016年8月【学習支援本】

「夢のお仕事さがし大図鑑：名作マンガで「すき!」を見つける 4」　夢のお仕事さがし大図鑑編集委員会編　日本図書センター　2016年9月【学習支援本】

「子どものための美術史：世界の偉大な絵画と彫刻」　ヘザー・アレグザンダー文;メレディス・ハミルトン絵;千足伸行監訳;野沢佳織訳　西村書店東京出版編集部　2017年5月【学習支援本】

「岡本太郎：芸術という生き方」　平野暁臣文　あかね書房（伝記を読もう）　2018年3月【学習支援本】

「美と芸術って、なに?―こども哲学」 オスカー・ブルニフィエ文;レミ・クルジョン絵;西宮かおり訳;重松清日本版監修　朝日出版社　2019年5月【学習支援本】

「世界を驚かせた女性の物語 [3]」 ジョージア・アムソン-ブラッドショー著;リタ・ペトルッチオーリ絵;阿蘭ヒサコ訳　旬報社　2020年1月【学習支援本】

「お札になった!偉人のひみつ 3」 教育画劇編集部著　教育画劇　2020年4月【学習支援本】

「社会を変えた50人の女性アーティストたち」 レイチェル・イグノトフスキー著;野中モモ訳　創元社　2021年4月【学習支援本】

▶ お仕事の様子をお話で読むには

「ジスカルド・デッドエンド」 泉和良著　星海社（星海社FICTIONS）　2011年12月【ライトノベル・ライト文芸】

「さくらソナタ」 箕崎准著　一迅社(一迅社文庫)　2012年12月【ライトノベル・ライト文芸】

「おいしいベランダ。:午前1時のお隣ごはん」 竹岡葉月著　KADOKAWA(富士見L文庫)　2016年5月【ライトノベル・ライト文芸】

「おいしいベランダ。[2]」 竹岡葉月著　KADOKAWA(富士見L文庫)　2016年11月【ライトノベル・ライト文芸】

「ぼくたちのリメイク:十年前に戻ってクリエイターになろう!」 木緒なち著　KADOKAWA(MF文庫J)　2017年3月【ライトノベル・ライト文芸】

「エプロン男子:今晩、出張シェフがうかがいます」 山本瑤著　集英社(集英社オレンジ文庫)　2017年4月【ライトノベル・ライト文芸】

「カラフルノート:久我デザイン事務所の春嵐」 日野祐希著　三交社(スカイハイ文庫)　2017年5月【ライトノベル・ライト文芸】

「おいしいベランダ。[3]」 竹岡葉月著　KADOKAWA(富士見L文庫)　2017年6月【ライトノベル・ライト文芸】

「おいしいベランダ。[4]」 竹岡葉月著　KADOKAWA(富士見L文庫)　2017年11月【ライトノベル・ライト文芸】

「ぼくたちのリメイク 3」 木緒なち著　KADOKAWA（MF文庫J）　2017年11月【ライトノベル・ライト文芸】

「ぼくたちのリメイク 4」 木緒なち著　KADOKAWA（MF文庫J）　2018年4月【ライトノベル・ライト文芸】

「おいしいベランダ。[5]」 竹岡葉月著　KADOKAWA(富士見L文庫)　2018年7月【ライトノベル・ライト文芸】

「ぼくたちのリメイク 5」 木緒なち著　KADOKAWA（MF文庫J）　2018年9月【ライトノベル・ライト文芸】

「理想の彼女と不健全なつきあい方」 瑞智士記著　KADOKAWA（ファミ通文庫）　2018年10月【ライトノベル・ライト文芸】

1 作品づくりの仕事

「ぼくたちのリメイク6」　木緒なち著　KADOKAWA（MF文庫J）　2019年3月【ライトノベル・ライト文芸】

「ぼくたちのリメイクVer.β」　木緒なち著　KADOKAWA（MF文庫J）　2019年8月【ライトノベル・ライト文芸】

「あなたの歌声が、わたしを捕まえた」　shachi著　LINE（LINE文庫）　2019年12月【ライトノベル・ライト文芸】

「ぼくたちのリメイク7」　木緒なち著　KADOKAWA（MF文庫J）　2019年12月【ライトノベル・ライト文芸】

2

作品にかかわる仕事

2 作品にかかわる仕事

美術商

絵や彫刻などの美術作品を買ったり売ったりする仕事で、アーティストから作品を買い取り、それを美術館やコレクター、一般のお客さんに売ります。美術商は作品の価値を見極めたり、お客さんが探している作品を見つけたりするのが得意で、アーティストとお客さんの橋渡しをして、芸術の世界を広げる役割を果たします。美術商がかかわることで、多くの人が素晴らしいアートに触れることができます。

> ▶ お仕事の様子をお話で読むには
>
> 「絵画の住人」 秋目人著 アスキー・メディアワークス（メディアワークス文庫） 2012年9月【ライトノベル・ライト文芸】
>
> 「異人館画廊 [3] (幻想庭園と罠のある風景)」 谷瑞恵著 集英社（集英社オレンジ文庫） 2015年8月【ライトノベル・ライト文芸】
>
> 「神の値段」 一色さゆり著 宝島社 2016年2月【ライトノベル・ライト文芸】
>
> 「下鴨アンティーク [4]」 白川紺子著 集英社（集英社オレンジ文庫） 2016年7月【ライトノベル・ライト文芸】
>
> 「異人館画廊 [4]」 谷瑞恵著 集英社（集英社オレンジ文庫） 2016年9月【ライトノベル・ライト文芸】
>
> 「下鴨アンティーク [5]」 白川紺子著 集英社（集英社オレンジ文庫） 2016年12月【ライトノベル・ライト文芸】
>
> 「緋友禅―旗師・冬狐堂 ; 3」 北森鴻 著 徳間書店（徳間文庫） 2021年1月【ライトノベル・ライト文芸】
>
> 「瑠璃の契り―旗師・冬狐堂 ; 4」 北森鴻 著 徳間書店（徳間文庫） 2021年2月【ライトノベル・ライト文芸】

絵画修復士

古くなったり傷ついたりした絵を元の美しさに戻す仕事で、絵の状態を詳しく調べ、どの部分の修復が必要かを判断します。例えば、色が薄くなった部分を直したり、破れた部分を補修したりします。絵画修復士は、絵の歴史や材料について深い知識を持ち、特別な技術を使って修復作業を行います。絵画修復士により、大切な絵が、未来の人々にも楽しんでもらえるように保存されています。

▶ **お仕事について詳しく知るには**

「キャリア教育に活きる!仕事ファイル:センパイに聞く 23」 小峰書店編集部編著　小峰書店　2020年4月【学習支援本】

美術鑑定士

絵や彫刻などの美術作品の価値を評価する仕事で、美術作品が本物かどうか、いつ作られたものか、どれくらいの価値があるかを見極めます。美術鑑定士は、作品の材質や技法、アーティストの特徴を詳しく調べて判断します。例えば、有名な画家の絵が本物かどうかを調べることがあります。美術鑑定士のおかげで、美術作品の正しい価値がわかり、多くの人が安心して作品を楽しむことができます。

2 作品にかかわる仕事

学芸員、キュレーター

博物館や美術館で働き、展示物を管理したり、展示を企画したりする仕事で、歴史的な遺物や美術作品などを調査し、それらを大切に保存します。また、展示のテーマを考え、どのように展示するかを決めます。例えば、恐竜の化石展や絵画展などを企画します。さらに、訪れた人たちに展示物について説明したり、ワークショップを開催したりして、学びの機会を提供します。学芸員やキュレーターのおかげで、多くの人が、文化や歴史、アートなどを楽しく学ぶことができます。

▶お仕事について詳しく知るには

「キャリア教育に活きる!仕事ファイル：センパイに聞く 23」　小峰書店編集部編著　小峰書店　2020年4月【学習支援本】

3

音楽にかかわる仕事

3 音楽にかかわる仕事

歌手

歌を歌う仕事で、声を使ってメロディや歌詞を表現し、ポップ、クラシック、ロックなど、いろいろなジャンルの音楽を歌います。ステージで歌ったり、録音したCDや動画を視聴してもらったりして、人々に感動を与えます。たくさんの練習をして声を磨き、歌う技術を高めています。また、声の管理や健康にも気をつけながら、美しい歌声を保ちます。歌手は、歌を通じて喜びや感動を届け、多くの人に音楽の楽しさを伝えているのです。

▶お仕事について詳しく知るには

「職場体験完全ガイド 20　ポプラ社　2010年3月【学習支援本】

「現代人の伝記：人間てすばらしい、生きるってすばらしい 4」　致知編集部編　致知出版社　2010年7月【学習支援本】

「ゆず―素顔のアーティスト」　本郷陽二著　汐文社　2010年11月【学習支援本】

「木村カエラ―素顔のアーティスト」　本郷陽二著　汐文社　2010年11月【学習支援本】

「新生EXILE―素顔のアーティスト」　本郷陽二著　汐文社　2011年2月【学習支援本】

「Perfume―素顔のアーティスト」　本郷陽二著　汐文社　2011年3月【学習支援本】

「マリア・フォン・トラップ = MARIA VON TRAPP：愛と歌声で世界を感動させた家族合唱団の母―集英社版・学習漫画. 世界の伝記next」　萩岩睦美漫画;和田奈津子シナリオ;谷口由美子監修・解説　集英社　2012年3月【学習支援本】

「マリアンは歌う：マリアン・アンダーソン100年に一度の歌声」　パム・ムニョス・ライアン文;ブライアン・セルズニック絵;もりうちすみこ訳　光村教育図書　2013年1月【学習支援本】

「ジョン・レノン―オールカラーまんがで読む知っておくべき世界の偉人；9」　イヒジョン文;チームキッズ絵;猪川なと訳　岩崎書店　2014年3月【学習支援本】

「大切なものほど、そばにある。：大人になる君に伝えたいこと」　大野靖之著　きずな出版　2016年1月【学習支援本】

「職場体験完全ガイド 50」　ポプラ社編集　ポプラ社　2016年4月【学習支援本】

54

▶お仕事の様子をお話で読むには

「ボクの名前は「ウゲゲ天野」」　宮下さつき作;もりたちえ絵　角川学芸出版角川出版企画センター　2010年3月【児童文学】

「みならいクノール―わくわくライブラリー」　たざわりいこ絵と文　講談社　2010年10月【児童文学】

「ポップ☆スクール 1 (目指せ、憧れのポップスター!)」　シンディ・ジェフリーズ著;吉井知代子訳　アルファポリス　2011年7月【児童文学】

「ポップ☆スクール 2 (声が、出ないっ…?!)」　シンディ・ジェフリーズ著;吉井知代子訳　アルファポリス　2011年7月【児童文学】

「オペラ座の怪人 : 地下にひびく、恐怖のメロディー」　ガストン・ルルー作;村松定史訳;ひだかかなみ絵　集英社(集英社みらい文庫)　2011年12月【児童文学】

「ねらわれたペンギンダイヤ―ぼくのミステリータウン ; 7」　ロン・ロイ作;八木恭子訳;ハラカズヒロ絵　フレーベル館　2012年10月【児童文学】

「ドリトル先生のキャラバン : 新訳」　ヒュー・ロフティング作;河合祥一郎訳;patty絵　アスキー・メディアワークス(角川つばさ文庫)　2012年11月【児童文学】

「心の王冠」　菊池寛著　真珠書院(パール文庫)　2013年6月【児童文学】

「カノジョは嘘を愛しすぎてる」　宮沢みゆき著;青木琴美原作;吉田智子脚本;小泉徳宏脚本　小学館(小学館ジュニアシネマ文庫)　2013年11月【児童文学】

「リフォーム支店本日休業―おはなしガーデン ; 47. なんでも魔女商会 ; 22」　あんびるやすこ著　岩崎書店　2015年3月【児童文学】

「魔法ねこベルベット 6 (未来鏡をのぞいたら)」　タビサ・ブラック作;武富博子訳;くおんれいの絵　評論社　2015年3月【児童文学】

「トムとジェリー : シャーロックホームズ」　伊豆平成著;宮内哲也イラスト　小学館(小学館ジュニア文庫)　2016年8月【児童文学】

「プティ・パティシエール恋するショコラはあまくない?」　工藤純子作;うっけ絵　ポプラ社　2016年12月【児童文学】

「夏空に、かんたー―ノベルズ・エクスプレス ; 33」　和泉智作;高田桂絵　ポプラ社　2017年6月【児童文学】

「オペラ座の怪人―100年後も読まれる名作 ; 12」　ガストン・ルルー作;藤木稟編訳;景絵;坪田信貴監修　KADOKAWA　2019年1月【児童文学】

「サッシーは大まじめ」　マギー・ギブソン著;松田綾花訳　小鳥遊書房　2019年5月【児童文学】

「竜とそばかすの姫」　細田守作;イケガミヨリユキ挿絵　KADOKAWA(角川つばさ文庫)　2021年6月【児童文学】

「さくらの咲く頃」　片瀬由良著　小学館(小学館ルルル文庫)　2010年3月【ライトノベル・ライト文芸】

3 音楽にかかわる仕事

「R-15 学園アイドルの世界就活!?」 伏見ひろゆき著 角川書店（角川文庫. 角川スニーカー文庫） 2011年9月【ライトノベル・ライト文芸】

「彼方の声：おいしいコーヒーのいれ方Second Season 6」 村山由佳著 集英社（Jump J books） 2011年12月【ライトノベル・ライト文芸】

「クロクロクロック = CROCRO-CLOCK 2/6」 入間人間著 KADOKAWA（電撃文庫） 2013年12月【ライトノベル・ライト文芸】

「うちの居候が世界を掌握している! 9」 七条剛著 SBクリエイティブ（GA文庫） 2014年9月【ライトノベル・ライト文芸】

「下北it Be!」 松本逸暉著 講談社（講談社BOX BOX-AiR） 2014年10月【ライトノベル・ライト文芸】

「LOST：風のうたがきこえる 上」 池部九郎著 KADOKAWA（ファミ通文庫） 2015年3月【ライトノベル・ライト文芸】

「LOST：風のうたがきこえる 下」 池部九郎著 KADOKAWA（ファミ通文庫） 2015年4月【ライトノベル・ライト文芸】

「サブイボマスク：小説版」 一雫ライオン著 集英社（集英社文庫） 2016年5月【ライトノベル・ライト文芸】

「東京謎解き下町めぐり：人力車娘とイケメン大道芸人の探偵帖」 宮川総一郎著 マイナビ出版（ファン文庫） 2018年6月【ライトノベル・ライト文芸】

「キミの忘れかたを教えて」 あまさきみりと著 KADOKAWA（角川スニーカー文庫） 2018年9月【ライトノベル・ライト文芸】

「終電の神様 [2]」 阿川大樹著 実業之日本社（実業之日本社文庫） 2018年10月【ライトノベル・ライト文芸】

「傷痕」 桜庭一樹著 文藝春秋（文春文庫） 2019年2月【ライトノベル・ライト文芸】

「あなたの歌声が、わたしを捕まえた」 shachi著 LINE（LINE文庫） 2019年12月【ライトノベル・ライト文芸】

「オーバーライト 2」 池田明季哉著 KADOKAWA（電撃文庫） 2020年10月【ライトノベル・ライト文芸】

「コンビニであった泣ける話：日常の中で起きた非日常の出来事：感動して泣ける12編の短編集」 朝来みゆか著;一色美雨季著;小野崎まち著;貴船弘海著;楠谷佑著;杉背よい著;天ケ森雀著;遠原嘉乃著;猫屋ちゃき著;ひらび久美著;溝口智子著;矢凪著;ファン文庫Tears編 マイナビ出版（ファン文庫TearS） 2020年10月【ライトノベル・ライト文芸】

「君が最後に遺した歌」 一条岬著 KADOKAWA（メディアワークス文庫） 2020年12月【ライトノベル・ライト文芸】

「僕が恋した、一瞬をきらめく君に。」 音はつき著 スターツ出版（スターツ出版文庫） 2021年1月【ライトノベル・ライト文芸】

「Bling Bling：ダンス部女子の100日革命!」 相羽鈴著 集英社（集英社オレンジ文庫） 2021年5月【ライトノベル・ライト文芸】

「推しが俺を好きかもしれない」　川田戯曲著　KADOKAWA（富士見ファンタジア文庫）2021年7月【ライトノベル・ライト文芸】

「オルレアンの魔女 = La Sorcière d'Orléans」　稲羽白菟著　二見書房　2021年9月【ライトノベル・ライト文芸】

「誰も死なないミステリーを君に [3]」　井上悠宇著　早川書房（ハヤカワ文庫 JA）　2021年9月【ライトノベル・ライト文芸】

「名もなき星の哀歌」　結城真一郎著　新潮社（新潮文庫）　2021年10月【ライトノベル・ライト文芸】

DJ
ディージェイ

音楽を選んで流す仕事をする人で、パーティーやクラブ、ラジオ番組などで音楽をかけ、みんなを楽しませます。DJは、ターンテーブルやミキサーといった特別な機械を使っていろいろな曲を組み合わせて、場の雰囲気を盛り上げたり、踊りやすいリズムを作ったり、音を変えたりし、時には自分の作曲した曲を披露する場合もあります。曲の選び方やつなぎ方を工夫して、その場にいる人たちが楽しくなるようにパーティーやイベントを盛り上げます。

3 音楽にかかわる仕事

演奏家、楽師、楽団員

楽器を使って音楽を演奏する仕事で、いろいろな楽器を使って美しい音楽を作ります。たくさん練習して、曲やリズムを覚え、技術を磨いています。演奏家や楽師は、コンサートや舞台で演奏したりして、人々に感動を届けます。彼らは、ソロで演奏することもあれば、オーケストラやバンドなどで一緒に演奏することもあります。楽団員は交響楽団や管弦楽団などで活躍しています。音楽の喜びを伝え、多くの人々と楽しさを共有しているのです。

▶お仕事について詳しく知るには

「ジョブチューンのぶっちゃけハローワーク」　TBS「ジョブチューン」を作っている人たち編　主婦と生活社　2014年7月【学習支援本】

「NHKプロフェッショナル仕事の流儀. 7」　NHK「プロフェッショナル」制作班 編　ポプラ社　2018年4月【学習支援本】

「わたしたちの戦争体験 10（成長・発展）」　日本児童文芸家協会著;田代脩監修　学研教育出版　2010年2月【学習支援本】

「感動する仕事!泣ける仕事!：お仕事熱血ストーリー 5（感じたとおりに表現する）」　学研教育出版　2010年2月【学習支援本】

「ショパン：花束の中に隠された大砲」　崔善愛著　岩波書店（岩波ジュニア新書）　2010年9月【学習支援本】

「ピアノはともだち：奇跡のピアニスト辻井伸行の秘密―世の中への扉」　こうやまのりお著　講談社　2011年4月【学習支援本】

「マスコミ芸能創作のしごと：人気の職業早わかり!」　PHP研究所編　PHP研究所　2011年6月【学習支援本】

「はばたけ、ルイ!：少年ルイ・アームストロングとコルネットの真実の物語」　ミュリエル・ハリス・ワインスティーン作;フランク・モリソン絵;若林千鶴訳　リーブル　2012年1月【学習支援本】

「元気がでる日本人100人のことば 3」　晴山陽一監修　ポプラ社　2012年3月【学習支援本】

58

「みっくん、光のヴァイオリン：義手のヴァイオリニスト・大久保美来―感動ノンフィクションシリーズ」　こうやまのりお文　佼成出版社　2013年1月【学習支援本】

「世界にひびくバイオリン―あいちの偉人：12の話；1」　愛知県小中学校長会編;愛知県小中学校PTA連絡協議会編;名古屋市立小中学校PTA協議会編　愛知県教育振興会　2013年6月【学習支援本】

「必ず役立つ吹奏楽ハンドブック アンサンブル編」　丸谷明夫監修　ヤマハミュージックメディア　2013年11月【学習支援本】

「山田和樹とオーケストラのとびらをひらく―シリーズ音楽はともだち」　山田和樹著;松本伸二著;大川陽子イラスト　アリス館　2013年12月【学習支援本】

「必ず役立つ吹奏楽ハンドブック ジャズ&ポップス編」　丸谷明夫監修　ヤマハミュージックメディア　2014年2月【学習支援本】

「名曲を聴きながら旅するオーケストラの絵本」　ロバート・レヴァイン文;メレディス・ハミルトン絵;たかはしけい訳　プレジデント社　2014年2月【学習支援本】

「ガス・アンド・ミー：ガスじいさんとはじめてのギターの物語」　キース・リチャーズ作;セオドラ・リチャーズ絵;奥田民生訳　ポプラ社　2014年9月【学習支援本】

「クララ・シューマン―コミック版世界の伝記；31」　迎夏生漫画;松村洋一郎監修　ポプラ社　2015年5月【学習支援本】

「クララ・シューマン：愛に生きた世界初の女性ピアニスト―集英社版・学習まんが. 世界の伝記NEXT」　川嶋ひろ子監修;東園子漫画;和田奈津子シナリオ　集英社　2016年3月【学習支援本】

「ピアノはともだち：奇跡のピアニスト辻井伸行の秘密」　こうやまのりお作　講談社（講談社青い鳥文庫）　2016年7月【学習支援本】

「なっちゃんの大冒険：音楽がつないだ平和への願い」　大谷和美作;中島真由美絵　花乱社　2017年2月【学習支援本】

「楽器ビジュアル図鑑：演奏者が魅力を紹介! 1」　国立音楽大学監修;国立音楽大学楽器学資料館監修;こどもくらぶ編　ポプラ社　2018年4月【学習支援本】

「楽器ビジュアル図鑑：演奏者が魅力を紹介! 2」　国立音楽大学監修;国立音楽大学楽器学資料館監修;こどもくらぶ編　ポプラ社　2018年4月【学習支援本】

「楽器ビジュアル図鑑：演奏者が魅力を紹介! 3」　国立音楽大学監修;国立音楽大学楽器学資料館監修;こどもくらぶ編　ポプラ社　2018年4月【学習支援本】

「楽器ビジュアル図鑑：演奏者が魅力を紹介! 4」　国立音楽大学監修;国立音楽大学楽器学資料館監修;こどもくらぶ編　ポプラ社　2018年4月【学習支援本】

「楽器ビジュアル図鑑：演奏者が魅力を紹介! 5」　国立音楽大学監修;国立音楽大学楽器学資料館監修;こどもくらぶ編　ポプラ社　2018年4月【学習支援本】

「楽器ビジュアル図鑑：演奏者が魅力を紹介! 6」　国立音楽大学監修;国立音楽大学楽器学資料館監修;こどもくらぶ編　ポプラ社　2018年4月【学習支援本】

「楽しいオーケストラ図鑑」　東京フィルハーモニー交響楽団監修　小学館　2018年10月

3 音楽にかかわる仕事

【学習支援本】

「クララ・シューマン：世界初の女性プロ・ピアニスト」 ささきあり文;ことり絵;松村洋一郎監修　学研プラス（やさしく読めるビジュアル伝記）　2019年3月【学習支援本】

「君に届け!希望のトランペット」 大野俊三著　潮出版社（潮ジュニア文庫）　2019年9月【学習支援本】

「響け、希望の音：東北ユースオーケストラからつながる未来」 田中宏和著　フレーベル館（フレーベル館ノンフィクション）　2020年12月【学習支援本】

「音階の練習12か月：うたう指づくり 改訂2版―原田敦子基礎テクニック・12か月」 原田敦子編著　ヤマハミュージックエンタテインメントホールディングスミュージックメディア部　2021年9月【学習支援本】

「ピアノテクニック12か月：脱力のタッチのために 改訂版―原田敦子基礎テクニック・12か月」 原田敦子編著　ヤマハミュージックエンタテインメントホールディングスミュージックメディア部　2021年12月【学習支援本】

- -

▶ お仕事の様子をお話で読むには

「ベジベジベジベジベジタブル!」 オールト編集部作・絵　オールト　2020年1月【絵本】

「こうへいファミリーコンチェルト」 岩根央作;ねもとまこ絵　三恵社　2020年12月【絵本】

「注文の多い料理店 セロひきのゴーシュ：宮沢賢治童話集」 宮沢賢治作;たちもとみちこ絵;宮沢賢治作;たちもとみちこ絵　角川書店（角川つばさ文庫）　2010年6月【児童文学】

「消えたヴァイオリン」 スザンヌ・ダンラップ著;西本かおる訳　小学館（Super! YA）　2010年8月【児童文学】

「たまごっち! 1 (ラブリンとメロディっちの出会い)」 BANDAI,WiZ作;万里アンナ文　角川書店（角川つばさ文庫）　2011年3月【児童文学】

「キャットと奴隷船の少年」 ジュリア・ゴールディング作;雨海弘美訳　静山社　2011年7月【児童文学】

「たまごっち! 2 (ハロー!メロディランド&もりりっち)」 BANDAI,WiZ作;松井亜弥脚本;横手美智子脚本;万里アンナ文　角川書店（角川つばさ文庫）　2011年7月【児童文学】

「ある日とつぜん、霊媒師 3 (呪われた504号室)」 エリザベス・コーディー・キメル著;もりうちすみこ訳　朔北社　2013年4月【児童文学】

「ジャンピンライブ!!!：オンザストリート―ホップステップキッズ!；22」 開隆人作;宮尾和孝絵　そうえん社　2013年9月【児童文学】

「ルーシー変奏曲」 サラ・ザール著;西本かおる訳　小学館（SUPER!YA）　2014年2月【児童文学】

「椅子：しあわせの分量」 ささめやゆき作　BL出版　2015年4月【児童文学】

「ぼくのなかのほんとう」 パトリシア・マクラクラン作;若林千鶴訳;たるいしまこ絵　リーブル　2016年2月【児童文学】

「銀河鉄道の夜」 宮沢賢治著 双葉社（双葉社ジュニア文庫） 2016年7月【児童文学】

「宮沢賢治童話全集 8」 宮沢賢治著;宮沢清六編集;堀尾青史編集 岩崎書店 2016年9月
【児童文学】

「ことば降る森」 井上さくら著 西村書店東京出版編集部 2018年3月【児童文学】

「奏のフォルテ」 黒川裕子著 講談社 2018年7月【児童文学】

「11番目の取引―鈴木出版の児童文学：この地球を生きる子どもたち」 アリッサ・ホリング
スワース作;もりうちすみこ訳 鈴木出版 2019年6月【児童文学】

「アドヴェント：彼方からの呼び声：欧州妖異譚 4」 篠原美季 [著] 講談社（講談社X文庫.
White heart） 2011年12月【ライトノベル・ライト文芸】

「サクラの音がきこえる：あるピアニストが遺した、パルティータ第二番ニ短調シャコンヌ」
浅葉なつ著 アスキー・メディアワークス（メディアワークス文庫） 2012年5月【ライトノ
ベル・ライト文芸】

「ワタクシハ」 羽田圭介著 講談社（講談社文庫） 2013年1月【ライトノベル・ライト文芸】

「名探偵だって恋をする」 伊与原新著;椹野道流著;古野まほろ著;宮内悠介著;森晶麿著 角
川書店（角川文庫） 2013年9月【ライトノベル・ライト文芸】

「きんいろカルテット! 1」 遊歩新夢著 オーバーラップ（オーバーラップ文庫） 2013年12
月【ライトノベル・ライト文芸】

「絶海ジェイル：Kの悲劇'94：本格探偵小説」 古野まほろ著 光文社（光文社文庫） 2014
年1月【ライトノベル・ライト文芸】

「「紅藍（くれない）の女（ひと）」殺人事件」 内田康夫著 KADOKAWA（角川文庫） 2014年
9月【ライトノベル・ライト文芸】

「金曜日はピアノ」 葉嶋ナノハ著 アルファポリス（アルファポリス文庫） 2015年3月【ラ
イトノベル・ライト文芸】

「黒崎麻由の瞳に映る美しい世界 2 (amorosamente)」 久遠侑著 KADOKAWA（ファミ通
文庫） 2015年6月【ライトノベル・ライト文芸】

「神さまは五線譜の隙間に」 瀬那和章著 KADOKAWA（メディアワークス文庫） 2016年
6月【ライトノベル・ライト文芸】

「装幀室のおしごと。：本の表情つくりませんか? 2」 範乃秋晴著 KADOKAWA（メディ
アワークス文庫） 2017年7月【ライトノベル・ライト文芸】

「美の奇人たち = The Great Eccentric of Art：森之宮芸大前アパートの攻防」 美奈川護
著 KADOKAWA（メディアワークス文庫） 2017年8月【ライトノベル・ライト文芸】

「雪には雪のなりたい白さがある」 瀬那和章著 東京創元社（創元推理文庫） 2018年1月
【ライトノベル・ライト文芸】

「あなたの人生、交換します = The Life Trade」 一原みう著 集英社（集英社オレンジ文庫）
2018年3月【ライトノベル・ライト文芸】

「鉄道リドル：いすみ鉄道で妖精の森に迷いこむ」 佐藤青南著 小学館（小学館文庫キャラ

3 音楽にかかわる仕事

ブン！）2018年5月【ライトノベル・ライト文芸】

「キャバレー 改版」 栗本薫著　KADOKAWA（角川文庫）　2019年1月【ライトノベル・ライト文芸】

「空の青さを知る人よAlternative Melodies」 超平和バスターズ原作;岬鷺宮著　KADOKAWA（電撃文庫）　2019年10月【ライトノベル・ライト文芸】

「リバーシブル・ラブ ＝ REVERSIBLE LOVE : 初恋解離」 喜友名トト著　LINE（LINE文庫）　2019年12月【ライトノベル・ライト文芸】

「楽園ノイズ」 杉井光著　KADOKAWA（電撃文庫）　2020年5月【ライトノベル・ライト文芸】

「房総グランオテル」 越谷オサム著　祥伝社（祥伝社文庫）　2021年7月【ライトノベル・ライト文芸】

編曲家

音楽をより素晴らしくするために、曲の構成や楽器の使い方を工夫する仕事です。作曲家が作ったメロディや歌詞に対して、編曲家はどの楽器を使うか、どの順番で演奏するか、どんなリズムを取るかなどを考えます。例えば、ピアノのメロディをオーケストラ用にアレンジしたり、ロックの曲をジャズ風に変えたりして、音楽を違ったスタイルやジャンルに変えて、新しい魅力を引き出します。コンサートや映画、テレビ番組、CMなど、さまざまな場面で使われる音楽を作るために、編曲家は重要な役割を果たします。

作詞家

歌の歌詞を書く仕事です。作詞家は、感動的な言葉やおもしろい言い回しを考えたり、言葉で気持ちや物語を表現したりして、曲に合った歌詞を作ります。歌手や作曲家と協力して、音楽がもっと素敵になるようにするのが作詞家の仕事です。作詞家の言葉によって、曲に深い意味や感動が生まれ、聴く人の心に響きます。彼らは、言葉の選び方やフレーズを工夫し、歌詞を作ることで、音楽に新しい命を吹き込む役割を果たします。

▶ お仕事の様子をお話で読むには

「臨床犯罪学者・火村英生の推理2(ロシア紅茶の謎)」 有栖川有栖著 角川書店(角川ビーンズ文庫) 2013年1月【ライトノベル・ライト文芸】

音楽学者

音楽について深く勉強し、その歴史や理論、作曲家の作品などを研究する人です。いろいろな種類の音楽を聴いて、その違いや特徴を見つけ出すのも仕事の一つで、例えば、バッハやモーツァルトなどの古い音楽から、現代のポップミュージックまで、さまざまな音楽

を研究します。楽譜を読んだり、音楽の歴史を調べたりして、どうやってその音楽が作られたのか、どんな意味があるのかを明らかにします。音楽学者は学校で教えたり、本を書いたりして、音楽の魅力を広める仕事をしています。

3 音楽にかかわる仕事

音楽教師

生徒たちに音楽の楽しさや基本的な知識を教える仕事です。具体的には、歌を歌ったり楽器を演奏したりする授業や、音楽の歴史や作曲家についての説明も行うほか、生徒がリズムやメロディ、ハーモニーを理解し、表現力を養う手助けもします。さらに、学校のイベントでの合唱や演奏会の指導・指揮も担当します。音楽教師には、生徒一人ひとりの成長に合わせて、音楽を通じて自信や協力する力を育むための適切なサポートをすることが求められます。生徒が音楽に興味を持ち、自分なりの表現を楽しめるような環境を作っています。

▶ お仕事の様子をお話で読むには

「愛の一家：あるドイツの冬物語」　アグネス・ザッパー作;マルタ・ヴェルシュ画;遠山明子訳　福音館書店（福音館文庫）　2012年1月【児童文学】

「迷宮ケ丘 8丁目」　日本児童文学者協会編　偕成社　2014年3月【児童文学】

「くちびるに歌を」　百瀬しのぶ著;中田永一原作;持地佑季子脚本;登米裕一脚本　小学館（小学館ジュニア文庫）　2015年2月【児童文学】

「ソウルフル・ワールド―ディズニームービーブック」　中井はるの文;講談社編;駒田文子構成　講談社　2020年11月【児童文学】

「楽園ノイズ」　杉井光著　KADOKAWA（電撃文庫）　2020年5月【ライトノベル・ライト文芸】

「沖晴くんの涙を殺して」　額賀澪著　双葉社　2020年9月【ライトノベル・ライト文芸】

音楽教室講師

生徒にピアノやギターなどの楽器の弾き方や正しい演奏の方法、歌の歌い方、楽譜の読み方などを教える仕事です。レッスンでは、生徒が楽しく学べるように工夫し、練習を通して上達できるようにサポートします。彼らは、生徒一人ひとりに合った教え方を考え、生徒が楽しく充実した時間を過ごせるように指導し、また、音楽を通じて生徒に自信と喜びを与え、音楽の楽しさを伝えます。

音楽プロデューサー

音楽作品を作るときのリーダーとして、曲を選んだり、アレンジを考えたり、レコーディングを計画したりする仕事です。作曲家や歌手、演奏家と協力して、良い音楽を作り上げます。プロデューサーは、音のバランスや全体の流れをチェックし、完成した曲が素晴らしいものになるようにサポートします。音楽プロデューサーのおかげで、たくさんの人に届く音楽が生まれます。彼らは音楽の方向性を決める重要な役割を持ち、作品が成功することに貢献しています。

3 音楽にかかわる仕事

指揮者

オーケストラや合唱団など、大勢の演奏家や歌手をまとめるリーダーです。指揮者は手や棒（指揮棒）を使って、演奏するタイミングや速さ、音の大きさなどを指示し、全体の音楽を作り上げます。指揮者がいることで、バラバラになりがちな音楽が一つにまとまり、素晴らしい演奏が生まれます。指揮者は、音楽の全体像を考えながら、各楽器や歌声のバランスを取り、感動的な音楽を作り出す役割を担っています。

▶お仕事について詳しく知るには

「ジョブチューンのぶっちゃけハローワーク」　TBS「ジョブチューン」を作っている人たち編　主婦と生活社　2014年7月【学習支援本】

「山田和樹とオーケストラのとびらをひらく―シリーズ音楽はともだち」　山田和樹著;松本伸二著;大川陽子イラスト　アリス館　2013年12月【学習支援本】

「名曲を聴きながら旅するオーケストラの絵本」　ロバート・レヴァイン文;メレディス・ハミルトン絵;たかはしけい訳　プレジデント社　2014年2月【学習支援本】

「人に伝える仕事―漫画家たちが描いた仕事：プロフェッショナル」　飛鳥あると著;逢坂みえこ著;さそうあきら著;毛利甚八著;魚戸おさむ著;一丸著　金の星社　2016年3月【学習支援本】

「職場体験完全ガイド 50」　ポプラ社編集　ポプラ社　2016年4月【学習支援本】

▶お仕事の様子をお話で読むには

「ふしぎなよるのおんがくかい―おはなしだいすき」　垣内磯子作;小林ゆき子絵　小峰書店　2014年11月【児童文学】

「踊り場姫コンチェルト：The revolving star & A watch maker」　岬鷺宮著　KADOKAWA（メディアワークス文庫）　2016年7月【ライトノベル・ライト文芸】

「泥棒教室は今日も満員―夫は泥棒、妻は刑事；19」　赤川次郎著　徳間書店（徳間文庫）2018年2月【ライトノベル・ライト文芸】

レコーディングエンジニア

音楽を録音する仕事です。彼らはスタジオで歌や楽器の音をマイクを使って録音し、その音をコンピュータで編集します。録音した音がきれいに聞こえるように調整することが、レコーディングエンジニアの役目です。例えば、声がはっきりと聞こえるように音量を調整したり、雑音を取り除いたりします。彼らの仕事のおかげで、私たちはCDやインターネットで音楽を聴くときに、素晴らしい音質で楽しむことができます。レコーディングエンジニアは、音楽の魅力を引き出し、リスナーに感動を届けてくれる欠かせない存在です。

ボイストレーナー

歌手や俳優に歌い方や声の使い方を教える仕事で、正しい発声方法や呼吸の仕方を指導します。ボイストレーナーは、声のトラブルを防ぎ、良い声で長く歌えるようにサポートする役割を担っています。例えば、声が出にくくなったときの対処法や、もっと美しい声を出すためのコツを教えます。ボイストレーナーのおかげで、歌手はさらに素晴らしい歌声を得られ、ステージや録音でのパフォーマンスのレベルもアップします。歌の技術を高め、聴く人に感動を与えることに貢献しています。

3 音楽にかかわる仕事

調律師

ピアノや他の楽器の音を正しく整える仕事です。ピアノの鍵盤やギターの弦などは使われていくうちに音がずれてしまうことがあります。調律師は、専用の道具を使って、その音を正しい高さに戻します。耳を使って音を聞き分け、少しずつ調整していきます。ピアノだけでなく、ギターやバイオリンなどの楽器も調律します。調律師のおかげで、楽器はいつでも美しい音を出すことができ、演奏家たちは最高の音楽を演奏できます。

▶お仕事の様子をお話で読むには

「銀の糸」　野中柊著　角川書店（角川文庫）　2011年1月【ライトノベル・ライト文芸】

音楽療法士（音楽セラピスト）

音楽を使って人々の心や体の健康を助ける仕事をする人です。病気やけがで元気がない人や、心の悩みを持つ人に対して、音楽を使って元気づけたり、リラックスさせたり、体の動きを良くしたりします。具体的には、歌を歌ったり、楽器を演奏したり、一緒に音楽を聴いたりします。音楽療法士は病院や学校、福祉施設などで働いていて、多くの人々をサポートし、音楽の力で心や体を元気にすることに貢献しています。

楽器職人

楽器を作ったり修理したりする仕事で、ギター、バイオリン、ピアノなど、さまざまな楽器を手作りします。木や金属、皮などの材料を使って、音が美しくなるように細かい部分まで丁寧に作り上げます。また、壊れた楽器を修理して、また美しい音が出るようにします。楽器職人のおかげで、楽器に命が吹き込まれ、演奏家たちは素晴らしい音楽を奏でることができます。

3 音楽にかかわる仕事

ダンサー、踊り子

音楽に合わせ、体を動かして踊る仕事です。ダンスには、ヒップホップやジャズダンスなど、たくさんの種類があります。ダンサーは、たくさんの練習を通して体の使い方や動きを磨き、ステージで演技をしたり、映画やショーに出演したりします。そして、ダンスを通じて感情や物語を体で表現し、観客に感動を与えます。ダンサーは、動きの美しさやリズム感を大切にし、ときには新しい踊りを創作します。ダンスの技術だけでなく、表現力でも、観客に素晴らしい体験を届けているのです。

▶お仕事について詳しく知るには

「ジョブチューンのぶっちゃけハローワーク」 TBS「ジョブチューン」を作っている人たち編　主婦と生活社　2014年7月【学習支援本】

「なりたい自分を見つける!仕事の図鑑. 16 (生活をいろどるアートの仕事)」〈仕事の図鑑〉編集委員会 編　あかね書房　2014年3月【学習支援本】

▶お仕事の様子をお話で読むには

「森の海のとびうおダンサー」　こうやちかこ絵;ふかやあきと文　角川学芸出版角川出版企画センター　2010年4月【絵本】

「伊豆の踊子 野菊の墓」　川端康成作;牧村久実絵;伊藤左千夫作;牧村久実絵　講談社(講談社青い鳥文庫)　2011年5月【児童文学】

「現代語で読む舞姫―現代語で読む名作シリーズ ; 1」　森?外作;高木敏光現代語訳　理論社　2012年5月【児童文学】

「ラッキィ・フレンズ : アキラくんのひみつ―わくわくライブラリー」　佐川芳枝作;結布絵　講談社　2013年9月【児童文学】

「Nono見つけた!ぼくのコトバ」　ロメル・トレンティーノ脚本;ひろはたえりこ文　汐文社　2014年7月【児童文学】

「フラ・フラダンス」 八坂圭文;永地挿絵　KADOKAWA（角川つばさ文庫）　2021年11月【児童文学】

「カルテット4（解放者（リベレイター））」 大沢在昌著　角川書店　2011年2月【ライトノベル・ライト文芸】

「黒猫の接吻あるいは最終講義」 森晶麿著　早川書房（ハヤカワ文庫JA）　2014年5月【ライトノベル・ライト文芸】

「白黒パレード：ようこそ、テーマパークの裏側へ!」 迎ラミン著　マイナビ出版（ファン文庫）　2018年7月【ライトノベル・ライト文芸】

バレエダンサー

「バレエ」というダンスを踊る仕事です。バレエは、優雅な動きや回転、高いジャンプが特徴的なダンスです。バレエダンサーは、バレエシューズやトウシューズを履いて、細やかな動きやポーズで感情やストーリーを表現します。バレエダンサーたちは美しい姿勢や正確な動きを習得し、舞台やイベントで踊り、観客に感動を与えます。伝統的な演目から現代的な作品まで、さまざまな舞台で活躍し、踊りの芸術性を高めています。

▶お仕事について詳しく知るには

「アンナ・パブロワ：世界にバレエのすばらしさを伝えた「白鳥」―集英社版・学習漫画. 世界の伝記next」 くりた陸漫画;黒沢翔シナリオ　集英社　2011年2月【学習支援本】

「わたしもバレリーナ!」 ベランジェール・アルフォール著　世界文化社　2011年5月【学習支援本】

「頭がよくなるこどものきりがみ：脳力アップ」 小林一夫監修;篠原菊紀監修　文化学園文

3 音楽にかかわる仕事

化出版局　2012年3月【学習支援本】

「ガールズぬりえブック = girl's coloring book : カノンとシルビアふたりのバレリーナ」　サトウユカ絵　ポプラ社　2017年11月【学習支援本】

▶ **お仕事の様子をお話で読むには**

「カエルバレエ」　伊達恵美子著　文芸社　2017年12月【絵本】

「白鳥の湖 = Swan Lake」　熊川哲也芸術監修;藤田千賀文;粟津泰成絵　303BOOKS　2021年3月【児童文学】

その他、音楽家やミュージシャンに関連する本

▶ お仕事について詳しく知るには

「タトゥとパトゥのへんてこアルバイト：12のアルバイト体験一挙大公開!」 アイノ・ハブカイネン;サミ・トイボネン 作;いながきみはる 訳　猫の言葉社　2015年3月【学習支援本】

「音楽家をめざす人へ」 青島広志著　筑摩書房（ちくまプリマー新書）　2011年8月【学習支援本】

「想いが届くあの人のことば 1」 押谷由夫監修　学研教育出版　2013年2月【学習支援本】

「好きなモノから見つけるお仕事：キャリア教育にぴったり! 1」 藤田晃之監修　学研プラス　2018年2月【学習支援本】

「個性ハッケン!：50人が語る長所・短所 3.」 田沼茂紀監修　ポプラ社　2018年9月【学習支援本】

「ものがたり西洋音楽史」 近藤譲著　岩波書店（岩波ジュニア新書）　2019年3月【学習支援本】

「音楽のあゆみと音の不思議 3」 小村公次著　大月書店　2019年3月【学習支援本】

「音楽が楽しくなる—学校では教えてくれない大切なこと；30」 関和之マンガ・イラスト;亀田誠治監修　旺文社　2020年7月【学習支援本】

「バジル先生の吹奏楽相談室 たのしく上達編」 バジル・クリッツァー著　学研プラス　2020年8月【学習支援本】

「音楽で生きる方法：高校生からの音大受験、留学、仕事と将来」 相澤真一著;髙橋かおり著;坂本光太著;輪湖里奈著　青弓社　2020年11月【学習支援本】

「ジュニアのための名曲で学ぶ音楽の基礎：フォルマシオン・ミュジカル：楽典・ソルフェージュから音楽史まで」 舟橋三十子著　音楽之友社　2020年12月【学習支援本】

▶ お仕事の様子をお話で読むには

「Disney・PIXARソウルフル・ワールド：2歳から—ディズニーゴールド絵本ベスト」 講談社編;小宮山みのり構成・文　講談社　2020年11月【絵本】

「3にんのおんがくか」 やなぎはらかんぶん・え　MIX Publishing　2020年12月【絵本】

「ふるさとの交差点」 柳川侑那音楽・文;いもんのりこ絵・文　ニコモ　2021年1月【絵本】

「ナナ」 長田智佐子著　文芸社　2010年2月【児童文学】

「スキ・キス・スキ!」 アレックス・シアラー著;田中亜希子訳　あかね書房（YA Step!）　2011年2月【児童文学】

「ゲンタ!」 風野潮著　ほるぷ出版　2013年6月【児童文学】

「ドラマドーリィ♪カノン：カノン誕生」 北川亜矢子著;やぶうち優原作・イラスト　小学館

73

3 音楽にかかわる仕事

（小学館ジュニア文庫）　2013年12月【児童文学】

「おしゃれ怪盗クリスタル [4] (魂のピアス)」　伊藤クミコ作;美麻りん絵　講談社（講談社青い鳥文庫）　2014年3月【児童文学】

「ドラマドーリィ♪カノン [2] (未来は僕らの手の中)」　北川亜矢子著;やぶうち優原作・イラスト　小学館（小学館ジュニア文庫）　2014年5月【児童文学】

「ドーリィ♪カノン：ヒミツのライブ大作戦」　北川亜矢子著;やぶうち優原作・イラスト　小学館（小学館ジュニア文庫）　2014年12月【児童文学】

「未来への扉」　遊井菜津子著　文芸社　2014年12月【児童文学】

「いちごケーキはピアニッシモで」　西村友里作;鈴木びんこ絵　国土社　2015年3月【児童文学】

「ぼくの声が消えないうちに。―初恋のシーズン」　西本紘奈作;ダンミル絵　KADOKAWA（角川つばさ文庫）　2018年6月【児童文学】

「くろグミ団は名探偵消えた楽譜」　ユリアン・プレス作・絵;大社玲子訳　岩波書店　2018年12月【児童文学】

「サヨナラまでの30分：映画ノベライズみらい文庫版」　30-minutecassettesandSatomiOshima原作;ワダヒトミ著　集英社（集英社みらい文庫）　2020年1月【児童文学】

「ソウルフル・ワールド」　テニー・ネルソン著;代田亜香子訳　小学館（小学館ジュニア文庫）2020年12月【児童文学】

「グラスハート」　若木未生著　幻冬舎コミックス（Birz novels）　2010年2月【ライトノベル・ライト文芸】

「六百六十円の事情」　入間人間著　アスキー・メディアワークス（メディアワークス文庫）2010年5月【ライトノベル・ライト文芸】

「嵐が丘：GLASS HEART」　若木未生著　幻冬舎コミックス（Birz novels）　2010年6月【ライトノベル・ライト文芸】

「いくつかの太陽：GLASS HEART」　若木未生著　幻冬舎コミックス（Birz novels）　2010年10月【ライトノベル・ライト文芸】

「熱の城：GLASS HEART」　若木未生著　幻冬舎コミックス（Birz novels）　2011年2月【ライトノベル・ライト文芸】

「ドラフィル!：竜ケ坂商店街オーケストラの英雄」　美奈川護著　アスキー・メディアワークス（メディアワークス文庫）　2012年3月【ライトノベル・ライト文芸】

「ドラフィル! 2 (竜ケ坂商店街オーケストラの革命)」　美奈川護著　アスキー・メディアワークス（メディアワークス文庫）　2012年9月【ライトノベル・ライト文芸】

「楽聖少女 2」　杉井光著　アスキー・メディアワークス（電撃文庫）　2012年9月【ライトノベル・ライト文芸】

「ドラフィル! 3 (竜ケ坂商店街オーケストラの凱旋)」　美奈川護著　アスキー・メディアワークス（メディアワークス文庫）　2013年3月【ライトノベル・ライト文芸】

「黒猫の薔薇あるいは時間飛行」　森晶麿著　早川書房（ハヤカワ文庫 JA）　2015年1月【ライトノベル・ライト文芸】

「ゴーストサプリ [2] (副作用)」　溝口RUCCA著　ポニーキャニオン（ぽにきゃんBOOKS）　2015年4月【ライトノベル・ライト文芸】

「V系バンドの王子様が実は学園一の美少女お嬢様なのは秘密にしてくれ」　椎月アサミ著　講談社（講談社ラノベ文庫）　2016年4月【ライトノベル・ライト文芸】

「いつか終わる曲」　加藤千恵著　祥伝社（祥伝社文庫）　2016年7月【ライトノベル・ライト文芸】

「LOOP THE LOOP飽食の館 上」　Kate著　双葉社（双葉文庫）　2017年12月【ライトノベル・ライト文芸】

「サヨナラまでの30分side:颯太」　30-minutecassettesandSatomiOshima原作;東堂燦著　集英社（集英社オレンジ文庫）　2019年12月【ライトノベル・ライト文芸】

「君と奏でるポコアポコ：船橋市消防音楽隊と始まりの日」　水生欅著　新潮社（新潮文庫.nex）　2020年11月【ライトノベル・ライト文芸】

「吾輩は歌って踊れる猫である」　芹沢政信 著　講談社（講談社タイガ）　2021年1月【ライトノベル・ライト文芸】

4

作品づくりや音楽にかかわる知識

4 作品づくりや音楽にかかわる知識

ユニバーサルデザイン

すべての人が使いやすいように工夫されたデザインのことです。例えば、階段の代わりに誰でも使えるスロープを作ったり、字が大きくて読みやすい本を作ったりします。ユニバーサルデザインは、お年寄りや車いすを使っている人、小さな子どもなど、みんなが快適に使えるようにすることが目標で、年齢や体の状態に関係なく、どんな人でも使いやすく、安全に使えるようにと考えられている、とても大切なデザインです。

▶お仕事について詳しく知るには

「ユニバーサルデザイン 第2期 1」　神保哲生監修　あかね書房　2012年4月【学習支援本】

「ユニバーサルデザイン 第2期 2」　神保哲生監修　あかね書房　2012年4月【学習支援本】

「ユニバーサルデザイン 第2期 3」　神保哲生監修　あかね書房　2012年4月【学習支援本】

「TOTO―見学!日本の大企業」　こどもくらぶ編さん　ほるぷ出版　2012年12月【学習支援本】

「もっと知りたい!お年よりのこと 3 (お年よりがくらしやすい社会へ)」　服部万里子監修　岩崎書店　2013年1月【学習支援本】

「みんなのユニバーサルデザイン 1 (家族と考えるユニバーサルデザイン)」　川内美彦監修　学研教育出版　2013年2月【学習支援本】

「みんなのユニバーサルデザイン 2 (学校で考えるユニバーサルデザイン)」　川内美彦監修　学研教育出版　2013年2月【学習支援本】

「みんなのユニバーサルデザイン 3 (町の人とつくるユニバーサルデザイン)」　川内美彦監修　学研教育出版　2013年2月【学習支援本】

「みんなのユニバーサルデザイン 4 (社会で取り組むユニバーサルデザイン)」　川内美彦監修　学研教育出版　2013年2月【学習支援本】

「みんなのユニバーサルデザイン 5 (活動の場を広げるユニバーサルデザイン)」　川内美彦監修　学研教育出版　2013年2月【学習支援本】

「みんなのユニバーサルデザイン 6 (これからのユニバーサルデザイン)」　川内美彦監修　学研教育出版　2013年2月【学習支援本】

「コクヨ—見学!日本の大企業」　こどもくらぶ編さん　ほるぷ出版　2013年10月【学習支援本】

「音のない世界と音のある世界をつなぐ：ユニバーサルデザインで世界をかえたい!」　松森果林著　岩波書店（岩波ジュニア新書）　2014年6月【学習支援本】

「よくわかる!記号の図鑑 3 (ユニバーサルデザイン、福祉、医療の記号)」　木村浩監修　あかね書房　2015年3月【学習支援本】

「日本の自動車工業：生産・環境・福祉 5 (福祉車両とバリアフリー)」　鎌田実監修　岩崎書店　2015年3月【学習支援本】

「色のまなび事典 1 (色のひみつ)」　茂木一司編集;手塚千尋編集;夏目奈央子イラスト・デザイン　星の環会　2015年4月【学習支援本】

「理解しよう、参加しよう福祉とボランティア 2」　加山弾監修　岩崎書店　2017年1月【学習支援本】

「発見!体験!工夫がいっぱい!ユニバーサルデザイン」　川内美彦監修　学研プラス　2017年2月【学習支援本】

「肢体不自由のある友だち—知ろう!学ぼう!障害のこと」　笹田哲監修　金の星社　2017年3月【学習支援本】

「ユニバーサルデザインUDがほんとうにわかる本：見る!知る!考える! 1—Rikuyosha Children & YA Books」　小石新八監修;こどもくらぶ編　六耀社　2017年11月【学習支援本】

「ユニバーサルデザインUDがほんとうにわかる本：見る!知る!考える! 2」　小石新八監修;こどもくらぶ編　六耀社(Rikuyosha Children & YA Books)　2018年2月【学習支援本】

「ユニバーサルデザインUDがほんとうにわかる本：見る!知る!考える! 3」　小石新八監修;こどもくらぶ編　六耀社(Rikuyosha Children & YA Books)　2018年3月【学習支援本】

「みんなのバリアフリー 2」　徳田克己監修　あかね書房　2018年4月【学習支援本】

「手で読む心でさわるやさしい点字 3」　日本点字委員会監修;国土社編集部編集　国土社　2018年4月【学習支援本】

「星空を届けたい：出張プラネタリウム、はじめました!」　髙橋真理子文;早川世詩男絵　ほるぷ出版　2018年7月【学習支援本】

「車いすの図鑑：バリアフリーがよくわかる」　髙橋儀平監修　金の星社　2018年9月【学習支援本】

「参加しよう!東京パラリンピックとバリアフリー 2」　山岸朋央著　汐文社　2018年12月【学習支援本】

「よくわかるユニバーサルデザイン：考え方から社会への広がりまで—楽しい調べ学習シリーズ」　柏原士郎監修　PHP研究所　2019年3月【学習支援本】

「みんなで楽しもう!UD(ユニバーサルデザイン)スポーツ 1」　大熊廣明監修;こどもくらぶ編集　文研出版　2019年9月【学習支援本】

「みんなで楽しもう!UD(ユニバーサルデザイン)スポーツ 2」　大熊廣明監修;こどもくらぶ編

4 作品づくりや音楽にかかわる知識

集　文研出版　2019年10月【学習支援本】
「みんなで楽しもう!UD(ユニバーサルデザイン)スポーツ 3」　大熊廣明監修;こどもくらぶ編集　文研出版　2019年11月【学習支援本】
「ユニバーサルデザインでみんなが過ごしやすい町へ 1」　白坂洋一監修　汐文社　2020年9月【学習支援本】
「ユニバーサルデザインでみんなが過ごしやすい町へ 2」　白坂洋一監修　汐文社　2020年10月【学習支援本】
「ユニバーサルデザインでみんなが過ごしやすい町へ 3」　白坂洋一監修　汐文社　2020年11月【学習支援本】
「福祉用具の図鑑 [1]」　徳田克己監修　金の星社　2021年2月【学習支援本】
「SDGsを実現する2030年の仕事未来図 1巻」　SDGsを実現する2030年の仕事未来図編集委員会著　文溪堂　2021年11月【学習支援本】

ソーシャルデザイン

社会の問題を解決するために、みんなが使いやすくて便利な仕組みや道具をデザインすることです。例えば、災害が起きたときに役立つ避難所の仕組みを作ったり、地域のコミュニティを元気にするためのイベントを考えたりします。ソーシャルデザインは、みんながもっと楽しく、安心して暮らせるようにするための工夫です。社会全体の問題を解決するために、新しいアイデアやデザインを使って、みんなが幸せになれる方法を見つけることが目標です。

装丁
そうてい

本の表紙や背表紙、カバーなどのデザインをすることです。本を手に取ったときに最初に目に入る部分なので、とても大切です。装丁の仕事をする人は、タイトルや著者の名前をどこに配置するか、どんな色や絵を使うかを考えます。例えば、冒険の物語ならワクワクするような絵を用い、怖い話ならちょっとドキドキするようなデザインにします。装丁のおかげで、本がもっと魅力的になり、手に取って読みたくなるのです。

▶ お仕事について詳しく知るには

「かんたん楽しい手づくり本１（いろいろな形の本をつくってみよう!）」 水野真帆作　岩崎書店　2011年12月【学習支援本】

「かんたん楽しい手づくり本２（絵本をつくってみよう!）」 水野真帆作　岩崎書店　2012年1月【学習支援本】

「かんたん楽しい手づくり本３（ハードカバーの本をつくってみよう!）」 水野真帆作　岩崎書店　2012年2月【学習支援本】

「青い鳥文庫ができるまで」 岩貞るみこ作　講談社　2012年7月【学習支援本】

「本を味方につける本：自分が変わる読書術―14歳の世渡り術」 永江朗著　河出書房新社　2012年7月【学習支援本】

「ブックデザイナー = Book Designer：時代をつくるデザイナーになりたい!!―Rikuyosha Children & YA Books」 スタジオ248編著　六耀社　2017年9月【学習支援本】

4 作品づくりや音楽にかかわる知識

デザイン

見た目や使いやすさを考えて、物や場所を設計することで、洋服や家具、ポスター、ウェブサイトなど、いろいろなものにデザインは施されています。例えば、カフェのメニューをデザインするとき、おいしそうな写真を使って、文字を読みやすく配置します。また、ゲームのキャラクターをデザインするときには、そのキャラクターがどんな性格かを考えて、見た目を作ります。デザインをする人は、色や形、配置を工夫して、見る人や使う人を楽しませてくれます。

▶ お仕事について詳しく知るには

「ポスターをつくろう!:注目されるコピーを書こう!」 デジカル作 汐文社 2010年9月【学習支援本】

「こども文様ずかん」 下中菜穂著 平凡社 2010年12月【学習支援本】

「ポスターをつくろう!表現を工夫しよう!」 デジカル作 汐文社 2010年12月【学習支援本】

「くらべてみよう!はたらくじどう車 5 (せいそう車・じょせつ車)」 市瀬義雄監修・写真 金の星社 2011年3月【学習支援本】

「まるごとわかる!地デジの本 地デジのためにできた電波塔」 マイカ作 汐文社 2011年3月【学習支援本】

「トラフの小さな都市計画 = TORAFU's Small City Planning—くうねるところにすむところ:家を伝える本シリーズ ; 29」 鈴野浩一著;禿真哉著 平凡社 2012年5月【学習支援本】

「世界がわかるこっきのえほん 改訂版—キッズ・えほんシリーズ. Kids' FLAGS」 ぼここうぼうえ 学研教育出版 2013年2月【学習支援本】

「世界を変えるデザインの力 1 (使う)」 ナガオカケンメイ監修 教育画劇 2013年2月【学習支援本】

「デザインあ あなのほん」 NHKエデュケーショナル企画・制作 小学館 2013年3月【学習支援本】

「新聞を作ってみよう!—はじめての新聞学習」 古舘綾子構成・文;うしろだなぎさ絵 童心社 2013年3月【学習支援本】

「池上彰の新聞活用大事典:調べてまとめて発表しよう! 4 (新聞を作ってみよう!)」 池上彰

監修 文溪堂 2013年3月【学習支援本】

「たのしいバス100点 新訂版—講談社のアルバムシリーズ. のりものアルバム；30」 フォト・リサーチほか写真;鎌田達也構成・文 講談社 2013年9月【学習支援本】

「ココ・シャネル—オールカラーまんがで読む知っておくべき世界の偉人；2」 オヨンシク文;クレパス絵;猪川なと訳 岩崎書店 2013年11月【学習支援本】

「ANA—見学!日本の大企業」 こどもくらぶ編さん ほるぷ出版 2014年1月【学習支援本】

「とびだせどうぶつの森デザインブック：村メロもあるよ! その2」 ぴこぷり責任編集 KADOKAWA 2014年4月【学習支援本】

「ぼくは「つばめ」のデザイナー：九州新幹線800系誕生物語」 水戸岡鋭治作・絵 講談社（講談社青い鳥文庫） 2014年6月【学習支援本】

「よくわかる知的財産権：知らずに侵害していませんか?—楽しい調べ学習シリーズ」 岩瀬ひとみ監修 PHP研究所 2016年1月【学習支援本】

「グラフィックデザイナー = Graphic Designer：時代をつくるデザイナーになりたい!!」 スタジオ248編著 六耀社 2016年2月【学習支援本】

「地球のくらしの絵本 1 (自然に学ぶくらしのデザイン)」 四井真治著;宮崎秀人立体美術;畑口和功写真 農山漁村文化協会 2016年2月【学習支援本】

「フラワーデザイナー = Flower Designer：時代をつくるデザイナーになりたい!!」 スタジオ248編著 六耀社 2016年3月【学習支援本】

「生命デザイン学入門」 小川(西秋)葉子編著;太田邦史編著 岩波書店（岩波ジュニア新書） 2016年3月【学習支援本】

「くらしの中のマーク・記号図鑑—調べる学習百科」 村越愛策監修 岩崎書店 2016年12月【学習支援本】

「とびだせどうぶつの森デザインブック：村メロもあるよ! その3」 ぴこぷり責任編集 カドカワ 2016年12月【学習支援本】

「なりたい!知ろう!デザイナーの仕事：アクティブ・ラーニングでわかる! 1」 稲葉茂勝構成・文;小石新八監修;こどもくらぶ編集 新日本出版社 2016年12月【学習支援本】

「なりたい!知ろう!デザイナーの仕事：アクティブ・ラーニングでわかる! 2」 稲葉茂勝構成・文;小石新八監修;こどもくらぶ編集 新日本出版社 2017年2月【学習支援本】

「なりたい!知ろう!デザイナーの仕事：アクティブ・ラーニングでわかる! 3」 稲葉茂勝構成・文;小石新八監修;こどもくらぶ編集 新日本出版社 2017年3月【学習支援本】

「3つの東京オリンピックを大研究 2」 日本オリンピック・アカデミー監修;岩崎書店編集部企画・編集 岩崎書店 2018年1月【学習支援本】

「デザインあ かくほん」 NHK「デザインあ」制作チーム編集 金の星社 2018年3月【学習支援本】

「デザインあ 解散!の解」 岡崎智弘解散 ポプラ社 2018年3月【学習支援本】

「コップってなんだっけ?」 佐藤オオキ著 ダイヤモンド社 2018年4月【学習支援本】

4 作品づくりや音楽にかかわる知識

「創造するということ」 宇野重規著;東浩紀著;原研哉著;堀江敏幸著;稲葉振一郎著;柴田元幸著;中島義道著　筑摩書房（ちくまプリマー新書. 中学生からの大学講義）　2018年10月【学習支援本】

「国旗と国章図鑑 = Pictorial Book of National Flags & Emblems of the World 最新版」苅安望著　世界文化社　2018年12月【学習支援本】

「不便益のススメ：新しいデザインを求めて」 川上浩司著　岩波書店（岩波ジュニア新書）2019年2月【学習支援本】

「TOKYOオリンピックはじめて物語」 野地秩嘉著　小学館（小学館ジュニア文庫）　2019年6月【学習支援本】

「世界はデザインでできている」 秋山具義著　筑摩書房（ちくまプリマー新書）　2019年11月【学習支援本】

「じぶんでつくるシールずかんかっこいいひこうき」 チャーリィ古庄写真　講談社（講談社のアルバムシリーズ）　2019年12月【学習支援本】

「新聞をつくろう! 1」 菊池健一監修　岩崎書店　2020年1月【学習支援本】

「新聞をつくろう! 2」 菊池健一監修　岩崎書店　2020年1月【学習支援本】

「新聞をつくろう! 3」 菊池健一監修　岩崎書店　2020年2月【学習支援本】

「新聞をつくろう! 4」 菊池健一監修　岩崎書店　2020年2月【学習支援本】

「世界がわかるこっきのえほん 3訂版」 ぼここうぼうえ　学研プラス（キッズ・えほんシリーズ. Kids' FLAGS）　2020年8月【学習支援本】

「はじめてのパソコンfor KIDSつくれる!あそべる!年賀状 2021」 年賀状素材集編集部編　角川アスキー総合研究所　2020年10月【学習支援本】

「渋沢栄一と一万円札物語」 オフィス303編　ほるぷ出版（新紙幣ウラオモテ）　2020年12月【学習支援本】

「マークで学ぶSDGs学校でみつかるマーク」 蟹江憲史監修　ほるぷ出版　2021年2月【学習支援本】

「生活を究める―スタディサプリ三賢人の学問探究ノート：今を生きる学問の最前線読本；5」 渡邊恵太著;トミヤマユキコ著;高橋龍三郎著　ポプラ社　2021年3月【学習支援本】

「キャリア教育に活きる!仕事ファイル：センパイに聞く 32」 小峰書店編集部編著　小峰書店　2021年4月【学習支援本】

「いつの間にか覚えてる!世界の国が好きになる国旗図鑑」 小林知之著;吹浦忠正監修　太田出版　2021年8月【学習支援本】

「だれでもデザイン：未来をつくる教室」 山中俊治著　朝日出版社　2021年11月【学習支援本】

「ポスターで伝えよう見るコツつくるコツ 1」 冨樫忠浩監修　汐文社　2021年12月【学習支援本】

音楽学
おんがくがく

音楽について深く学ぶ学問で、音楽の歴史、作曲の方法、楽器の仕組み、音楽が人々に与える影響などを研究します。例えば、ベートーベンやモーツァルトといった有名な作曲家の生涯や、彼らの作品を詳しく調べたりします。また、世界中のさまざまな音楽スタイルや伝統音楽について学びます。さらに、音楽が人の気持ちや行動にどのような影響を与えるか、音の科学的な仕組みなども研究の対象です。音楽学を学ぶことで、私たちは音楽をより深く理解し、楽しむことができるようになります。

▶ お仕事について詳しく知るには

「中学音楽をひとつひとつわかりやすく。」 学研教育出版編　学研教育出版　2011年5月【学習支援本】

「はじめての和声学」 青山梓編;渡邉鉄雄補作　メトロポリタンプレス　2011年11月【学習支援本】

「音楽・楽典ドリル 基礎編」 久隆信著　シンコーミュージック・エンタテイメント　2012年1月【学習支援本】

「最もわかりやすいソルフェージュ入門 上巻 改訂第8版」 赤石敏夫著　ケイ・エム・ピー　2017年2月【学習支援本】

「実用楽典：基礎から実習」 澤野立次郎編著　ドレミ楽譜出版社　2017年5月【学習支援本】

「ものがたり日本音楽史」 徳丸吉彦著　岩波書店（岩波ジュニア新書）　2019年12月【学習支援本】

「クイズあなたは小学5年生より賢いの?：大人もパニックの難問に挑戦!」 日本テレビ編　KADOKAWA　2020年4月【学習支援本】

「クイズあなたは小学5年生より賢いの?：大人もパニックの難問に挑戦! 2」 日本テレビ編　KADOKAWA　2020年10月【学習支援本】

「クイズあなたは小学5年生より賢いの?：大人もパニックの難問に挑戦! 3」 日本テレビ編　KADOKAWA　2021年4月【学習支援本】

4 作品づくりや音楽にかかわる知識

「クイズあなたは小学5年生より賢いの?：大人もパニックの難問に挑戦! 4」　日本テレビ編　KADOKAWA　2021年7月【学習支援本】

「クイズあなたは小学5年生より賢いの?：大人もパニックの難問に挑戦! 5」　日本テレビ編　KADOKAWA　2021年12月【学習支援本】

音楽理論

音楽を作るためのルールや仕組みを学ぶ学問です。音楽はメロディ、ハーモニー、リズムという3つの大切な要素から成り立っています。音楽理論では、まず「ドレミファソラシド」のような音階や、それらを組み合わせてできる和音について学びます。また、音の長さやリズムのパターン、曲の構造（イントロ、サビ、エンディングなど）も勉強します。さらに、音楽理論を学ぶと、好きな曲を聴いたり演奏したりするときに、その曲がどんな工夫で作られているのかがわかるようになります。

▶お仕事について詳しく知るには

「中学生・高校生のための吹奏楽楽典・音楽理論」　侘美秀俊著　シンコーミュージック・エンタテイメント　2018年10月【学習支援本】

楽典(がくてん)

楽譜を読むためのルールや記号を学ぶ学問です。音楽を演奏するには、音符や記号を理解しなければなりません。楽譜には、音の高さや長さ、リズムが書かれています。楽典を学ぶと、まず「ドレミファソラシド」のような音階を読めるようになります。次に学ぶのは、四分音符や八分音符など、音の長さを表す音符の違いです。また楽譜には強弱記号やテンポ記号もあり、音楽がどのくらいの強さ、どのくらいの速さで演奏されるかが示されています。楽典を学ぶことで、楽譜を正しく読み取り、音楽をより豊かに楽しむことができるようになります。

▶お仕事について詳しく知るには

「レッスンで使うこどもの楽典ワーク 3」 内藤雅子編著　デプロMP　2010年10月【学習支援本】

「実用楽典：基礎から実習」 澤野立次郎編著　ドレミ楽譜出版社　2011年5月【学習支援本】

「はじめての楽典」 板橋音楽研究所編　メトロポリタンプレス　2011年11月【学習支援本】

「吹奏楽部員のための楽典がわかる本」 広瀬勇人著　ヤマハミュージックメディア　2015年4月【学習支援本】

「バイエル = FERDINAND BEYER 新装版―マンガ音楽家ストーリー」 加藤礼次朗作画;芦塚陽二原作　ドレミ楽譜出版社　2021年3月【学習支援本】

お仕事さくいん
芸術や音楽にかかわるお仕事

2024年8月31日　第1刷発行

発行者　道家佳織

編集・発行　株式会社DBジャパン
〒151-0073　東京都渋谷区笹塚1-52-6
千葉ビル1001

電話　03-6304-2431

ファクス　03-6369-3686

e-mail　books@db-japan.co.jp

装丁　DBジャパン

電算漢字処理　DBジャパン

印刷・製本　大日本法令印刷株式会社

不許複製・禁無断転載
〈落丁・乱丁本はお取り替えいたします〉
ISBN 978-4-86140-529-7
Printed in Japan